U0164316

課文內外

陳仁啟　著

匯智出版

責任編輯：羅國洪

封面設計：張錦良

課文內外

陳仁啟　著

出　　版：匯智出版有限公司

香港九龍尖沙咀赫德道2A首邦行8樓803室

電話：2390 0605　　傳真：2142 3161

網址：http://www.ip.com.hk

發　　行：聯合新零售 (香港) 有限公司

香港新界荃灣德士古道220-248號荃灣工業中心16樓

電話：2150 2100　　傳真：2407 3062

印　　刷：陽光 (彩美) 印刷有限公司

版　　次：2022年7月初版

國際書號：978-988-76155-7-6

目錄

葉序 ....葉建源 vii

陳序 ....陳漢森 ix

自序 xi

第一章 ■ 文史不分家

從《史記》談到〈廉頗藺相如列傳〉................3

鄒忌的智慧和齊威王的胸襟 6

〈出師表〉的歷史背景 9

談談「志怪」..11

《世說新語》與「魏晉風度」.........................13

為求〈蘭亭集序〉，唐太宗出詭計 16

「弊在賂秦」——談蘇洵的〈六國論〉 19

范仲淹的憂國憂民 22

君子之朋 25

醉翁之意不在酒 29

〈湖心亭看雪〉的兩個疑惑 32

敦煌藏經洞 35

第二章 ▪ 先哲之思

孔子的「禮」、「義」、「仁」.....................................41

孟子的「性善論」...44

荀子的「性惡論」...47

談〈逍遙遊〉中的「無用之用」...............................50

「侍坐章」各言其志...53

在《莊子・齊物論》中找幾段來談教育...................55

〈蘭亭集序〉的主題...57

周敦頤的〈愛蓮說〉與「理學」.............................60

談李翱的排拒佛教與復興儒學...............................63

第三章 ▪ 詩意詞情

談談古典詩詞...69

馬致遠的〈天淨沙・秋思〉...................................71

從杜甫的〈客至〉談到中古音...............................74

陽關隨想...78

王安石的堅持與執拗...81

〈木蘭辭〉與不同時代的木蘭故事.........................85

思鄉情切的晁衡大難不死.......................................91

「月上柳梢頭，人約黃昏後」——唐宋元夕詩詞.........95

第四章 ▪ 跟柳宗元去行山

柳宗元的〈愚溪詩序〉..105

說西山宴遊的「始得」...108

起於景物，結於境界——談談〈鈷鉧潭記〉..................111

小丘之遭與柳宗元的幸與不幸.................................114

第五章 ■ 蘇東坡的情緒智商

惠州西湖懷東坡 119

雪泥鴻爪 121

「但願人長久，千里共嬋娟」——雖處劣境，常存希望........125

〈念奴嬌・赤壁懷古〉中的消沉與無奈.........................129

從〈前赤壁賦〉中看破人生的執着.............................133

第六章 ■ 新文化新文學

五四新文化 139

白話文運動 142

魯迅的〈風箏〉...145

〈運動家的風度〉與民國時期的中央大學.....................148

第七章 ■ 生活感悟

「食花生」與落花生...155

「釣勝於魚」的陳之藩...158

談賈平凹的〈醜石〉...161

回不了的家...164

第八章 ■ 古典香港

在香港「物外清遊」 169

王韜的〈香海羈蹤〉 173

陳伯陶的〈宋皇臺懷古〉並序 176

宋皇臺與遺民情懷 179

第九章 ■ 在考場中

中文卷中的文學文化知識 187

〈橋〉中的歷史與民族情懷 190

把握文言文中的文化精神 193

人與情 195

第十章 ■ 範文的故事

香港中文教育的傳統意識 201

香港經學 204

早期中文科教材 207

戰後香港中文科教材發展 210

預科的中文範文 213

中國文學科的發展 216

葉序

　　我們都喜歡博學的老師，特別是國文老師。一枝粉筆，一張嘴，不用看書看筆記，通貫東西，縱橫古今，洋洋灑灑，盡是信手拈來，就把坐在教室裏的我們送到古來聖賢才子的盛筵，美不勝收，目不暇給。正是因為遇到過這種魅力型的老師，我當年也不知不覺地被吸引了走上執教的這條路。

　　「知之者不如好之者，好之者不如樂之者。」國文老師的博學不是天掉下來的，他首先要「做這行，愛這行」，自小就迷上讀書，喜歡與古今騷人墨客打交道，日積月累，打下堅固的基礎。中文世界博大精深，常言道文史哲不分，懂一點語言文字音韻學，最好還能兼擅書法丹青。上課時能夠吟哦諷誦，抑揚頓挫；又能夠講一點奇詩絕對、傳奇軼事，增添課堂的異彩……而這些，全都是日常的工夫，是功力。

　　其次，要努力備課。一篇課文，如果只是照本宣科，把課本或教師手冊上的資料從頭到尾讀一次，是不會出錯的，中才以上都可以做到。但能夠獲選成為範文，往往都是傑出的名篇，各有其精彩的內容和獨特的背景，要讓學生體會到當中的幽微之處，老師便要努力備課。因為懂得，便知道關鍵所在，

最精彩的提煉;也因為懂得,懂得何者無關痛癢,無妨大刀砍去。知所取捨,以蜜蜂的精神,把千花萬樹採集而來的釀成精華,在有限的時間裏教出最好的效果。

　　陳仁啟是我的學生,如今已是一位有經驗的中學老師。他博聞強記,在這一代人之間是很突出的,在日常交談之中已充分感受到,我相信上他的課一定趣味盎然。而這本書更顯示了他備課之勤,不僅論及現行文憑試課程的十二篇範文,也涉及舊有課程的文章,學生讀之,猶如在上他的課,多了一位良師;老師同行讀之,也不妨看成是同行間的交流,多了一位益友。

　　寥寥數筆,欣以為序。

葉建源
2022 年 3 月 30 日

陳序

　　教而後知困。把金針度與人，要創造很多條件。提高學生中文閱讀理解能力，要有適切的閱讀材料，安排足夠的閱讀量，從而培養閱讀習慣；指導學生理解和分析篇章的方法等等。要閱讀理解，不只是語言文字的認識，還蘊含課文篇章相關的背景知識，包括歷史文化、邏輯思想、人情世故等等。因此，中文老師的學養和個人的人生經歷，對教學成效有密切關係。

　　我不是本科出身，教了中學中文三十年，初期備課非常吃力，幸好憑個人的努力，惡補過去的弱項，邊教邊學，尚算稱職。陳仁啟兄比我優勝，他本科出身，有傳統讀書人的氣派，書法、篆刻、古文經典，都有興趣和鑽研，對中學課文篇章，都很容易找到相關的知識，這本《課文內外》，是他備課和教學過程的體驗和思考的紀錄，很適合行家和學生閱讀參考。

　　第十章「範文的故事」，追蹤香港中文科範文的教學和考試模式的變化，和第六章「新文化新文學」，介紹文言白話的歷史發展，都有史學探究的味道。其他各篇，介紹課文篇章及試題考材的相關知識，可增潤讀者對該主題背景的認識，有利對文

章作深度的理解。語文教學圈很需要教學經驗和知識的交流，我們需要開創更多教學交流的平台，容納像本書中的文章，這樣對提高教材效能，必定更有利。

陳漢森

2022 年 1 月 13 日

自序

　　初入行教書，正值課程改革如箭在弦的時候。當時的中文科正準備由指定範文教學過渡到單元教學。大埔區中學校長會搞了一個「語文品質圈」，予前線老師探討新課程模式的實踐。老師以借調形式參加，可暫時遠離課室，專心研究單元教學。我服務的學校推薦我參加。

　　那是一段美好的回憶。在一位資深老師和一位內地特級教師的帶領下，我們一群有志於語文教學的年輕老師專心地研究單元教學的理念、教材設計，並進行試教、互相觀課、討論及修正。又經常探訪教育學院的語文專家及課程發展處中文組的同工，從中得到不少啟發。計劃結束後，我膽粗粗地承擔起學校中文科單元教學的規劃及教材設計工作。一方面對中文教學的實踐有進一步的認識，另一方面也感到在原有教育制度下，自行設計教材的無比壓力。但那段經歷是難忘的。

　　後來參與教協教育研究部和學術部，對語文教育的政策及實踐又再多一些宏觀的理解，並時常應報章邀稿，撰文發表對語文教學的看法，也開始有定期的專欄，可隨自己的觀察和感悟抒發己見，文章積累也越來越多。細分這堆拙文的種類，可

分為政策評論、教材分析、歷史評述及教學意見等，大多發表在《文匯報》教育版及《明報》副刊。

中文教學無論怎樣變，始終離不開範文。每一篇範文除了文本，還有文本的背景、作者、他們所處的時代特色，甚至能夠成為範文的那段時空。《課文內外》一書選取過往在報章上發表有關範文的文章。除了分析文本，也以範文為主軸借題發揮，或介紹作者，或講述文本出現所處的歷史背景，或藉範文介紹中國學術思想的流變、文學常識、傳統文化、香港歷史、香港教育制度變遷、香港中文科範文教學和公開考試的歷史演變等。

首先要感謝葉建源老師及陳漢森老師。兩位前輩既是資深的中文科教師，在教育各個層面也有獨到的洞見，在我寫作過程中，時常給予鼓勵。當我邀請寫序時，他們欣然答允。本書得以順利出版，實有賴匯智出版社的羅國洪先生。他花了很多精神校閱文稿，並提供很多專業的修訂意見，我也獲益良多。由於我的學識有限，陋見使人哂笑，出現舛錯也在所難免。一切文責，當然自己承擔。是為序。

2022 年 3 月 31 日

第一章

文史不分家

從《史記》談到〈廉頗藺相如列傳〉

〈廉頗藺相如列傳〉出於司馬遷的《史記》一書。

司馬遷是西漢武帝時期的人。父親司馬談是太史公，司馬遷繼父位，也秉承父親的遺志寫《史記》。司馬遷年少時即走遍各地，尋訪各代史跡，考察名勝，為後來撰史搜集資料。其後大將軍李陵出征匈奴戰敗投降，漢武帝大怒，欲抄其全家。司馬遷為李陵求情也觸怒武帝，並受腐刑。司馬遷為了完成撰寫《史記》的大業只能忍辱偷生。

司馬遷自覺繼承周公、孔子的道統，並要發揮《春秋》的治史精神。他申述撰寫《史記》是要「究天人之際，通古今之變，成一家之言」，也有感於武帝盛世，作為史官，有責任把這重要時刻記錄下來，以待後人理解。司馬遷完成《史記》後並沒有把書公諸於世，他其後的行跡，史書也沒有記載。司馬遷的外孫楊惲讀到《史記》後，認為勝於《春秋》，遂把書發表，《史記》因而能流傳後世。

《春秋》與《史記》是中國史學「正史」之首。所謂「正史」即相對於「野史」，是普遍被承認可信、也受官方確認的史著。

《春秋》以年月日的時間次序記史，是「編年體」之始；而《史記》則是「紀傳體」之始。所謂「紀傳體」，即是以人物為中心來記述史事。此體為司馬遷所獨創，也為後世史著所繼承。《史記》分十二「本紀」、三十「世家」、七十「列傳」。另外，還有「書」、「表」互相配合。「本紀」以帝皇為中心；「世家」以諸侯、貴族為中心；「列傳」則多元化，以記錄各類著名人物為中心。有以一人為中心的「獨傳」；也有以兩三位同性質人物一起寫的「合傳」；也有寫一群體的「類傳」；也有專門介紹外族的夷狄列傳等。

〈廉頗藺相如列傳〉是「合傳」，介紹了廉、藺二人將相和的故事。從中可看到司馬遷著史的特色。他以說故事的形式敍史，免卻記流水帳敍史的枯燥乏味。看《史記》像看故事書多於歷史書。

在〈廉頗藺相如列傳〉中，就運用了大量對話，好像作者親歷其境，把當時人物的話逐句記錄下來。例如「完璧歸趙」一節，藺相如與貪婪的秦王周旋，訛稱「璧有瑕，請指示王」以奪回和氏璧。藺相如再以一大段對話指斥秦國君臣的貪婪及不守信等，這都是以大量對話展示史事。

文中也有大量的心理描寫，就如作者是上帝，看透各人心中所想。例如：「相如度秦王特以詐佯為予趙城，實不可得。」又「秦王度之，終不可彊奪」及「相如度秦王雖齋，決負約不償城」等。

另外，在敍事方面，則是層層遞進，逐一鋪排，以至推出高潮及最終圓滿結局。全文先以宦者令繆賢推薦藺相如的話鋪

墊出藺的才智，及後再以「完璧歸趙」、「澠池之會」藺相如立大功而受封為上卿推至高潮，並形成了與廉頗的矛盾衝突。最終以藺相如的顧全大局及廉頗的「負荊請罪」破解矛盾，達到「將相和」的大團圓結局。整篇文章波瀾跌宕，似是小說多於史著，給人藝術的享受而不只是史實的習得。

　　雖說司馬遷著史着重藝術效果，但他秉持的則是「不虛美，不隱惡」，忠實的把史實告訴讀者。司馬遷因李陵事件遭遇不幸，更為世間的不平事說出公道話。魯迅稱《史記》是「史家之絕唱，無韻之離騷」。

鄒忌的智慧和齊威王的胸襟

　　鄒忌是戰國時期的齊國人，曾為齊相。他身高八尺有多，容貌英俊。有一天他照着鏡子問妻子，他比起齊國著名的美男子城北徐公誰更英俊。妻子說當然是鄒忌。他又問小妾，也得到相同答案。第二天，有客人來求見，鄒忌又問相同的問題，客人也說鄒忌最英俊。過了一天，徐公來拜訪鄒忌，鄒忌仔細地端詳徐公，發覺自己根本比不上他。晚上，鄒忌躺在床上思索，現實是自己的外貌不及徐公，何以妻子、小妾和客人均異口同聲說他比徐公英俊呢？他得出的結論是妻子偏愛他，小妾畏懼他，客人有求於他，所以皆向他說好話。

　　鄒忌上朝見齊威王，把事情告訴他，並向他指出：齊國土地千里，城池一百二十座，宮中姬妾與近臣皆愛護大王；朝臣皆畏懼大王；百姓皆有求於大王，所以大王所受到的蒙蔽更厲害。齊威王認為說得對。於是下令如能當面批評他的可得上等獎賞；上書勸諫他的可得中等獎賞；在公眾地方批評他的過失而傳到他耳中的也能得下等獎賞。命令剛下達，來勸諫的人絡繹不絕，門庭若市；幾個月後，偶爾還有人來進諫；一年之後，

威王的施政已大為改善，再沒有人能找到過失來進諫了。燕、趙、韓、魏等國知道了這件事，都派使節來朝見齊王。齊國可不發一兵一卒，而能在朝廷中不戰自勝。

在這個故事中，要欣賞鄒忌有自知之明，也有自我反省的智慧，不為虛辭美語所騙。他更厲害的地方是能以小見大，推及於國家的治理，並向齊威王獻議。但我們也不得不欣賞齊威王的胸襟廣闊和虛懷納諫。他不只能聽取意見，而且坐言起行，說到做到。反觀現實，有自知之明又有反省能力的人有多少？能像齊威王那樣虛心接受意見，並勇於改錯的人又有多少？大多數人都喜歡聽甜言蜜語，而厭惡逆耳忠言。更有甚者是獎賞那些虛情假意、蒙蔽自己的人，而懲罰那些說真話、要求自己改善的人。結果當然不是「戰勝於朝廷」，而是給敵人戰勝了。

戰國時代是一個列國爭雄、戰爭頻繁的年代。國與國之間的競爭非常激烈，處於不是你死便是我亡的階段。回溯春秋時代，雖然紛亂已起，但尚有霸主打着「尊周室，攘夷狄，禁篡弒，抑兼併」的旗幟，表面上還會講講道德禮儀。戰國時期只講富國強兵，恃強凌弱便是現實。所以各國君主為求生存也好，為求稱霸或消滅他國統一天下也好，皆要掃蔽求真，清除阿諛奉承，力求強兵勵治。因而各國紛紛實行變法，君主皆虛心求賢。例如魏文侯任用李悝、楚悼王任用吳起、秦孝公任用商鞅、韓昭侯任用申不害、燕昭王築黃金台招賢納士、趙武靈王「胡服騎射」等等，皆是列國不甘人後、求存圖強的努力。公元前357年，齊威王任用鄒忌為相，進行變法，也是回應了這一

潮流。

　　〈鄒忌諷齊王納諫〉一文出自《戰國策・齊策一》。《戰國策》全書共 33 卷,共 497 篇。記載的歷史上起公元前 490 年,晉國智伯滅范氏,下至公元前 221 年高漸離以筑擊秦王。內容大多記載策士游説各國君主如何富國強兵的故事。此書並非由一人一時所作,書名也有多個版本,直至西漢劉向在皇家書庫中發現,再加以編輯整理,並命名為《戰國策》。也因着此名,歷史學家把春秋之後、秦統一天下之前的一段歷史時期稱為「戰國時代」。

〈出師表〉的歷史背景

　　文言文的寫作皆有其歷史背景，要掌握文章內容，充分認識文章的歷史背景同樣重要。特別〈出師表〉一文，牽涉了三國的歷史，更加不應忽略。

　　當時天下三分，由曹丕的魏國控制中原；由孫權的吳國控制東南；而劉備則在今四川一帶建立漢（以表繼承漢的正統，由於地處蜀，故又稱「蜀漢」）。諸葛亮上〈出師表〉時，劉備已死，由後主劉禪繼位。諸葛亮為報答劉備三顧草廬的知遇之恩，以丞相的身分對蜀漢鞠躬盡瘁，死而後已，從文中可以感受到。

　　可惜劉禪是個「扶不起的阿斗」，不聽諸葛亮的忠言，卻寵信宮中宦官。文中提到「宮中、府中，俱為一體」，又「親小人，遠賢臣，此後漢所以傾頹也」及「未嘗不歎息痛恨於桓、靈也」。這幾句皆牽涉了兩漢戚宦相爭、政治敗壞的大背景。

　　所謂「宮中」是指「內朝」；「府中」則是丞相府，也稱「外朝」。秦始皇統一天下，建立中央集權的政府。皇帝至高無上，但政事繁瑣，需要有機構處理。因而設三公——丞相、太尉、

御史大夫輔政，而以丞相為首，下面再設九卿專責各項事務，這便是「府中」的大概。可見「府中」首領——「丞相」居一人之下萬人之上，這當然使皇帝惴惴不安。漢武帝時，為了奪去丞相「府中」的權力，便在宮中安插親信，由尚書、中書等人直接輔政，架空了丞相的權力。「宮中」成了總攬一切的權力機構。漢武帝死後，昭、宣二帝皆年幼繼位，「宮中」權力便由外戚霍光以「大司馬大將軍領尚書事」的身分控制，而出現外戚干政的情況。及後，西漢便亡於外戚王莽之手。

東漢自和帝後皆幼主登位，因而由外戚輔政。但皇帝長大後不甘成為外戚的傀儡，便與宦官合力剷除外戚。但不久皇帝駕崩，年幼的皇帝繼位，又重複外戚干政及後宦官亂政的局面。無論是外戚或宦官，其實皆是控制「宮中」的權力以亂政，至於以官僚文士為主的「府中」，則只能受操縱擺佈！東漢後期宦禍甚烈，而外戚力量則處於下風，所以，外戚竇武便聯合朝中大臣李膺、陳蕃對付宦官，結果釀成了「黨錮之禍」。這便是諸葛亮所説「未嘗不歎息痛恨於桓、靈也」的歷史。

談談「志怪」

〈種梨〉一篇,出於蒲松齡的《聊齋志異》。故事講述一名道士向一賣梨小販乞梨,小販不與,道士便施行法術在街上表演種梨。在極短的時間內,道士培植了一棵梨樹,樹上生滿果實,他當街把梨樹上的梨分發給圍觀的群眾。分發完畢,道士斬樹而去。小販觀看表演完畢,回首盛梨的車,梨子全部不見了,原來道士分發的便是他的梨,而道士斬的樹幹原來是他車上的車靶。蒲松齡在後段發表議論,批評不少家財豐厚的人,往往不肯施捨錙銖救濟有需要的人,卻常常為了滿足私欲或保存性命而傾家蕩產。

另有一篇故事近似的短文,出自東晉干寶的《搜神記》。故事講述徐光向一位賣瓜的小販乞瓜,小販不與,徐光便在市肆中表演種瓜。瓜也是在極短時間內生長、開花結果。徐光把瓜分贈圍觀群眾。後來賣瓜的小販發現他的瓜全部不見了。這篇〈徐光種瓜〉的故事,情節與「種梨」相近,只是〈種梨〉篇幅較長,情節的安排較仔細,在文末作者又大發議論,但兩文的關係可見一斑。《聊齋志異》出於清代康熙年間,遲《搜神記》

一千三百多年，所以可以說〈種梨〉是〈徐光種瓜〉的「二次創作」!

　　《搜神記》是中國「志怪小說」的鼻祖。「志怪」便是記載怪力亂神的意思。魏晉時期尚未有現代「小說」的概念，作者干寶記載這些古怪事時，或者是作為真人真事記錄。蒲松齡也喜歡怪異的故事，常在酒肆上搜集這類故事，最終撰成了《聊齋志異》一書。

　　到清代，中國「志怪小說」已發展了一千多年了，所以《聊齋志異》是一本較成熟的「志怪小說」，撰述編排也較《搜神記》完善。《聊齋志異》是一本大受歡迎的小說，書中的〈聶小倩〉、〈畫皮〉、〈考城隍〉等早已家傳戶曉。

　　至於《搜神記》，是不少後代「二次創作」的源頭，例如元代著名雜劇《竇娥冤》的故事原型便是《搜神記》中的〈東海孝婦〉；魯迅的《故事新編》也有不少故事來源於此。

　　自《搜神記》後，歷代出現的「志怪小說」也不少，例如唐代的「傳奇小說」、宋代的「話本小說」就有不少這類作品。到了明代，較著名的是瞿佑的《剪燈新話》。在清代，除了《聊齋志異》之外，尚有紀昀（曉嵐）的《閱微草堂筆記》，也是一本很受歡迎、影響力較大的「志怪小說」。

《世説新語》與「魏晉風度」

以下是《世説新語》的四則片段。

第一則記述孔融年少時求見李膺，自稱與李有「親」，説他的祖先孔子與李的祖先老子「有師資之尊」，所以是「奕世為通好」。當眾人稱這小孩了不起時，陳韙則批評孔「小時了了，大未必佳」，結果反給孔融以「想君小時必當了了」一句攔倒。

第二則是描述嵇康儀表不凡，有風姿，像獨立之孤松，將崩之玉山，蕭蕭爽朗，很有格調。

第三則描寫潘岳的外貌俊美，引起婦女牽手縈繞。左思貌醜卻要東施效顰，結果給婦人吐口水。

第四則記述王徽之雪夜未眠，忽然興起，乘舟訪戴逵，但舟至而不入室，聲稱：「吾本乘興而行，興盡而返，何必見戴？」

以上四則顯示了孔融的聰慧、嵇康的儀表不凡、潘岳的貌美和王徽之的率性而為。

《世説新語》為南朝宋國劉義慶所撰，內容表現漢末魏晉名士的行為舉止。魯迅把此書歸類為「志人小説」，即記載人物的

小說。雖名為「小說」，但作者以記述真人真事的筆調行文，歷代學者認為此書能反映當時人物的風尚，即所謂的「魏晉風度」。

「魏晉風度」的出現，有其獨特的歷史背景。當時政治黑暗、戰亂頻繁，知識分子為求自保，一改漢末「清議」——評議時政的風氣，而改為品評人物、追求個性自由、配合佛道思想、談「無」說「玄」的「清談」。清初王夫之說：「孔融死而士氣灰，嵇康死而談議絕。」正好反映了當時知識分子的處境。

為求逃避政治上的逼害，當時著名的知識分子選擇隱居避世。其中最著名的是「竹林七賢」，分別是阮籍、嵇康、山濤、劉伶、阮咸、向秀、王戎七人。但由於他們名氣太盛，雖說要逃避政治，但當時的政權均不會令他們得到寧靜，七賢因此裝瘋、服藥、飲酒，以期得到解脫。他們放浪形骸，不修邊幅、灑脫倜儻，以解內心的憂患，卻又成為了一時的風尚。如劉伶每每爛醉如泥，經常不穿衣服而裸露身體，被人譏笑時，卻反罵人：「我以天地為棟宇，屋室為褌衣。諸君何為入我褌中？」

當然，魏晉名士追求個性自由，表現典雅風尚也需要有一定的經濟基礎。當時世族政治已趨穩固，變成「上品無寒門，下品無世族」，在九品中正的選士制度下，世家大族控制了高官厚祿，在「莊園」經濟的豢養下，世族子弟不事生產而又能養尊處優，固能崇尚風流而不涉俗務。及至東晉，世族政治更趨定型。所謂「王與馬共天下」，世族實際與皇室共治天下。「舊時王謝堂前燕」，王、謝二家基本控制了晉室政治。此兩家的王導、王羲之、王徽之、謝安、謝石、謝玄等皆為著名人物。但是也有追求率性自然、任意無為而鄙視物質、甘願窮苦潦倒的

例子。最典型的莫過於雖出身大族，但卻不為五斗米折腰，「歸去來兮」「復得返自然」的陶淵明。

　　魏晉時期是知識分子表現自我、追求個性解放的時期，但這種追求卻孕育自政治黑暗的背景。「魏晉風度」是這一時期的文化特徵，而《世說新語》則把它記錄下來。

為求〈蘭亭集序〉，唐太宗出詭計

王羲之的〈蘭亭集序〉在書法史上被稱為「行書之龍」及「天下第一行書」，可說是至極之譽。而其文章也飄逸脫俗，有魏晉之玄風。本文主要介紹〈蘭亭集序〉在書法史上的發展和故事。

東晉穆帝永和九年（353年）農曆三月三日，王羲之約同文士謝安、孫綽、高僧支遁等四十一人在今浙江紹興（古稱會稽）的蘭亭舉行修禊活動。大家一起飲酒詠詩，共得詩三十七篇。眾人結集為《蘭亭集》，並邀王羲之作序。王在饒有酒意之間，拿起蠶繭紙、鼠鬚筆，如有神助地一揮而就，及其酒醒之後再寫，已不及初時。這便是著名的〈蘭亭集序〉。

〈蘭亭集序〉一直由王氏家族收藏，未有流落民間。及至陳朝，傳至王羲之七世孫、同樣是書法家的智永和尚手上。智永和尚居浙江雲門寺，書風頗有王氏之趣，有《草書千字文》及《楷書千字文》傳世。智永臨終前，把〈蘭亭集序〉交由弟子辯才保管。辯才珍而重之，把其放於寺院大殿的屋頂橫樑上。當時已是初唐、李世民當皇帝的時候。

唐太宗本身也是一位出色的書法家。他對王羲之的書帖更

是瘋狂愛好，四處搜集。他得知著名的〈蘭亭集序〉就在辯才手上，便多次召見辯才，希望他能出示觀賞。但是辯才守口如瓶，一點也不透露〈蘭亭集序〉的下落。為此，唐太宗便設下詭計，非得到手不可。

唐太宗找來才學俱佳的監察御史蕭翼，着他打扮成書生，然後接近辯才，以圖騙取〈蘭亭集序〉。辯才與蕭翼結識，一見如故，談學論書，非常投契。蕭翼出示幾份王羲之的法帖予辯才，辯才辨出雖是真跡，但是認為這些並非王羲之的上乘作品。蕭翼知道辯才已上鈎，便用激將法逼辯才拿出〈蘭亭集序〉。辯才果然上當，並允許蕭翼可以在他寺內臨帖數天。

有一天，辯才有事外出，蕭翼便偷走〈蘭亭集序〉送給唐太宗。及後，辯才知道因由，已後悔莫及。唐太宗得到〈蘭亭集序〉後珍而重之。他命令當時著名的書法家虞世南、歐陽詢、褚遂良等臨摹，又命弘文館搨書人馮承素、趙模、韓道政等人以「雙鈎廓填」的方法，製造了很多摹本，以賜大臣、皇子等，令〈蘭亭集序〉廣為流傳，聲名大噪。

唐太宗實在太喜愛〈蘭亭集序〉了，當他臨終前，命令要以此帖為陪葬品。因此，〈蘭亭集序〉的真跡就長埋唐昭陵。陸游說：「繭紙藏昭陵，千載不復見。」便是指此。不過，有研究認為，唐昭陵曾於五代被溫韜所盜，但找不到〈蘭亭集序〉。因此，也有人認為〈蘭亭集序〉可能存於唐高宗與武則天合葬的乾陵中。

無論如何，現存的〈蘭亭集序〉皆不是真跡，而是初唐臨摹的版本。其中臨本有虞世南、歐陽詢及褚遂良的版本，但歐陽

詢的臨本墨跡早已不存，只有拓本。此拓本的石碑是在北宋慶曆年間在河北定武軍發現的，故又稱「定武本」。摹本則有馮承素的版本，由於用了「雙鈎廓填」的方法製作而成，可稱為「人肉影印機」，所以最接近真跡。由於此版本的右上角蓋有唐高宗年號「神龍」的半個印，故又稱「神龍本」。

上海書畫出版社出版的《王羲之蘭亭序三種》收集了虞世南、褚遂良和馮承素的三份墨跡本，此三本皆藏於北京故宮博物院；而日本二玄社出版的《蘭亭敍五種》，則除了收有以上三墨本外，尚有兩份拓本，分別是藏於東京國立博物館的《吳炳舊藏定武本》(即歐陽詢臨本的其中一個拓本) 及私人收藏的《神龍半印本》(即馮承素摹本的其中一個拓本)。這都是我們現在較容易接觸到的、而質素也較好的〈蘭亭集序〉字帖。

「弊在賂秦」
——談蘇洵的〈六國論〉

〈六國論〉的作者是北宋的蘇洵。他有兩位著名的文學家兒子——蘇軾及蘇轍。他們父子三人合稱「三蘇」，在「唐宋古文八大家」之中佔了三席。據《宋史》載：「蘇洵，字明允，眉州眉山人。」他年二十七歲才開始發憤學習，並參加科舉考試，可惜皆不中。他憤而焚去所作文章，閉門讀書。最後「遂通六經、百家之説，下筆頃刻數千言」。嘉祐元年（1056年），他帶着蘇軾及蘇轍兩名兒子到首都汴京遊學，文章得到當時名士歐陽修賞識，聲名大噪。

〈六國論〉分析戰國時代，六國最終亡於秦的原因。歷代對秦統一天下、六國覆亡的原因皆有不少分析。而蘇洵只提出一個觀點——「六國破滅，非兵不利，戰不善，弊在賂秦。」直指出賣土地、賄賂強秦才是六國滅亡的主因。據蘇洵的看法，直接因「賂秦」而亡的國家是韓、魏、楚三國。而齊、燕、趙三國並不賂秦。但他強調「不賂者以賂者喪」，因為當賂秦之國滅亡後，其他國家「蓋失強援，不能獨完」。他特別說明，齊國不賂

秦，但受秦國遠交近攻的迷惑，依附秦國而不助五國，最終「五
國既喪，齊亦不免矣」。至於「燕趙之君」「義不賂秦」，能用兵
力抗秦國，如果不是後來策略錯誤，也不至於亡國。所以蘇洵
總結說：如果三國各愛其地，齊國沒有附秦，燕國不用刺客，
趙國良將李牧猶在，那麼勝負存亡便很難說了。

文章至此，其實可以完結，但蘇洵此文，志不在論史，而
有意諷今。他提出六國與秦皆是諸侯，雖然勢力較秦弱，但尚
有勝秦之勢。如果「以天下之大，下而從六國破亡之故事，是
又在六國下矣」，正是有意諷喻當時北宋的對外政策。

北宋立國，為矯唐末五代以來武人專政、藩鎮割據的亂
局，實行「重文輕武」及「強幹弱枝」的國策，可惜這些政策最
終導致北宋積貧積弱，外敵環視，最終亡國。北宋經過太祖、
太宗二帝的努力，天下大致統一；但北方契丹人建立的遼國，
力量強大，而且自五代石敬瑭割讓燕雲十六州後，令中原北部
失去山嶺阻隔，一大片華北平原暴露在契丹人的鐵蹄之下。宋
真宗咸平年間，遼國入侵，真宗親征險勝，雙方訂立「澶淵之
盟」，協定宋每年輸遼歲幣銀十萬兩、絹二十萬匹。後來再增加
至銀二十萬兩，絹三十萬匹，以換取和平。而西北方由党項羌
建立的西夏也時常侵擾，宋向西夏納銀十萬兩，絹十萬匹，茶
三萬斤，以平邊患。但這種「賄賂」的行為，不但不能減少敵
人的野心，而且增加了他們的氣焰，也使積貧的問題更嚴重。
如蘇洵所言「猶抱薪救火，薪不盡，火不滅」。所以「弊在賂秦」
是意有所指的。

蘇洵的兩名兒子也各寫了一篇〈六國論〉。蘇軾的〈六國論〉

指出「智、勇、辨、力」是「天民之秀傑」。統治者如果能禮待這些人才，得為己用，則天下便能牢牢掌握。他說：「故先王分天下之富貴與此四者共之。此四者不失職，則民靖矣。」而蘇轍的〈六國論〉則指出六國因「慮患之疏，見利之淺，且不知天下之勢」而滅亡。他所說的「天下之勢」是指韓、魏兩國的戰略地位。秦能控制這個「勢」，而燕、趙、齊、楚則不能，最終秦統一六國。兩兄弟對六國均有各自的見解，但始終不及父親「弊在賂秦」的觀點更有針對性和時代意義。

范仲淹的憂國憂民

〈岳陽樓記〉千古傳誦，經典名句是「先天下之憂而憂，後天下之樂而樂」，道出古代知識分子的使命。

此文的緣起是與范仲淹同年進士的滕宗諒（字子京）因被誣浪費公使錢而貶官，於宋仁宗慶曆四年（1044年）謫至今湖南岳陽（岳州巴陵郡）。滕在一年內妥善治理郡政，並重修名勝岳陽樓，於是邀請范仲淹撰文以記之。

當時范仲淹任河南鄧州知州，其治下臨湍縣有〈令廳壁記〉，為唐代李華所撰。其中記孟威治此縣，為政七月，使原本受戰爭破壞、「戶不盈百」的小縣達至「盡室而歸者千餘家」的局面，李華進而提出「古之為政者先諸人；後諸身，先其人則人不勞，後其身則身自逸」的看法。范仲淹據此而發揮了「先憂後樂」的觀點。

就范仲淹的個人經歷，正能體現古代知識分子的承擔。宋承五代十國衰亂之象，為矯武夫治國的弊端，實行重文輕武、強幹弱枝的政策。國家逐漸致治，文風日盛。但問題也很快出現，就是國家趨於文弱，冗兵冗員大增，強鄰環伺，財政不勝

負荷。范仲淹因而提出「明黜陟、抑僥倖、精貢舉、擇官長、均公田、厚農桑、修武備、減徭役、覃恩信、重命令」的十項改革建議，這便是著名的「十事疏」，掀起了「慶曆新政」。

范仲淹看中癥結，改革從節流着手，因而裁汰大量冗兵冗員，亦因此得罪了朝中不少官員，最終改革只實施約一年，便在強烈的反對聲中結束。范仲淹除了在文治方面擬有所作為外，他在推行改革前，也曾駐守西北，帶兵對付西夏的入侵。他提出「屯田久守」的主張，在宋夏交戰地區，建造碉堡，淘汰老弱，訓練士兵，以懷柔手段應付外族，賞罰分明，使西北安定。

撰寫〈岳陽樓記〉時，范仲淹正因改革失敗，被謫鄧州，與為讒言所陷而謫職巴陵的滕子京可謂同病相憐。所以在文中述及「若夫霪雨霏霏」的時節，會有「去國懷鄉，憂讒畏譏，滿目蕭然，感極而悲者矣」的負面情緒；而「至若春和景明」時，則「寵辱皆忘，把酒臨風，其喜洋洋者矣」。

這裏所提的「憂讒畏譏」及「寵辱皆忘」皆是他們在官場打滾時的情緒起落跌撞的寫照。但是文末則提出超乎外界事物的局限，而進至精神上的提升，定位於「古仁人之心」，此心「不以物喜，不以己悲」，以憂國憂民為己任，以至於「先天下之憂而憂，後天下之樂而樂」的境界。

從范仲淹的生平，可見其富有傳統士大夫憂國憂民的承擔精神，與其文中的提倡是一致的。其實，宋代矯正五代十國之弊，砥礪士風氣節，馮道之流不復出焉，而富有時代精神的是知識分子普遍具有使命感。另一北宋士人張載有言：「為天地

立心，為生民立命，為往聖繼絕學，為萬世開太平。」這種無畏
的承擔精神，正是宋代士風的時代烙印，范仲淹是其中一個代
表。

君子之朋

　　慶曆四年（1044年）四月，歐陽修以〈朋黨論〉上奏宋仁宗。此文一反傳統上對「朋黨」的忌諱，直指「小人」、「君子」皆有「朋黨」，不同的是「君子與君子以同道為朋，小人與小人以同利為朋」。他進一步說明，「小人」有共同利益時，暫時引以為朋，但會因利益的爭奪而互相賊害，一旦利益散盡，朋黨也會解散，所以，他們的結合是短暫的，是虛假的；而「君子之朋」則不同，他們以「道義」、「忠信」、「名節」互相砥礪、互相扶持，「同心共濟，終始如一」，所以是「真朋」。他建議宋仁宗應該「退小人之偽朋，用君子之真朋」，這樣，天下便會大治。

　　傳統上，大臣互結「朋黨」會擾亂朝政，影響皇朝的管治。《論語・衛靈公》有「君子矜而不爭，群而不黨」之說，認為結黨營私是小人的行為。荀子說：「朋黨比周，以環主圖私為務，是篡臣者也。」指出大臣結為朋黨，蒙蔽君主，圖謀不軌，是有非分之想的「篡臣」。他的學生韓非子也指出：「群臣朋黨比周，以隱正道、行私曲。」對國家有害無利，六國最終衰敗，就是源於朋黨。因此，但凡朝中政爭，攻擊政敵，無不指責對方為「朋

黨」。

東漢時宦官當道，指責士人互結朋黨，釀成「黨錮之禍」；唐代李德裕與牛僧孺因出身不同，政見不同，援引同類，互相攻擊，最終釀成「牛李黨爭」。《後漢書·黨錮列傳》：「成弟子牢修因上書誣告膺等養太學遊士，交結諸郡生徒，更相驅馳，共為部黨，誹訕朝廷，疑亂風俗。於是天子震怒，班下郡國，逮捕黨人，布告天下，使同忿疾，遂收執膺等。」這段記載了東漢正直士人李膺等人為依附宦官的牢修誣陷，結果忠良盡去，黃巾亂起，州牧割據，東漢也滅亡。至於《舊唐書·李宗閔傳》記載唐代「牛李黨爭」，指雙方「比相嫌惡，因是列為朋黨，皆挾邪取權，兩相傾軋。自是紛紜排陷，垂四十年。」這種黨爭的亂象，令唐文宗嘆曰：「去河北賊非難，去此朋黨實難。」直至朱溫入長安，盡殺士人，黨爭結束，唐朝也滅亡。

歐陽修則認為，漢唐之亡，非亡於朋黨，而是亡於盡去「君子之黨」。他説：「後漢獻帝時，盡取天下名士囚禁之，目為黨人。及黃巾賊起，漢室大亂，後方悔悟，盡解黨人而釋之，然已無救矣。」而唐代「昭宗時，盡殺朝之名士，或投之黃河，曰：『此輩清流，可投濁流。』而唐遂亡矣。」所以「禁絕善人為朋」及「誅戮清流之朋」才是漢唐亡國的癥結，而與朋黨本身沒有關係。

為甚麼歐陽修會有這種反傳統的觀點呢？這與「慶曆新政」的推行是很有關係的。宋代結束了唐末五代以來藩鎮割據、天下紛亂的局面，宋太祖實行「重文輕武」、「強幹弱枝」的政策。但卻是矯枉過正，造成積貧積弱、強敵環伺、冗兵冗員充斥的

問題。宋仁宗時，西夏來侵，北方遼國也蠢蠢欲動，國家陷於危機之中。為了解困，宋仁宗召范仲淹推行新政，以求圖強。范仲淹於慶曆三年（1043年）九月上〈答手詔條陳十事〉，針對時弊進行改革。其中明黜陟、抑僥倖、精貢舉、擇官長和均公田五項，都是針對官僚制度而提出。這些政策雖是對症下藥，但卻嚴重地觸犯了既得利益者的痛處。歐陽修、韓琦、富弼、余靖等人與范仲淹連成一氣支持變法。保守派呂夷簡、夏竦等人則對他們嚴厲抨擊，斥他們為朋黨。

對於「朋黨」的指責，范仲淹等人並不避諱。李燾《續資治通鑑長編》記載：「慶曆四年四月戊戌，上謂輔臣曰：『自昔小人多為朋黨，亦有君子之黨乎？』范仲淹對曰：『臣在邊時，見好戰者自為黨，而怯戰者亦自為黨，其在朝廷，邪正之黨亦然，唯聖心所察耳！苟朋而為善，於國家何害也。』」可見「君子之朋」、「小人之朋」的看法，不止於歐陽修，范仲淹也有同樣的觀點。而支持范仲淹改革的田況在《儒林公議》中也說：「君子小人各以彙舉，蓋聲應景附，自然之理也。」可見當時的改革派已不忌諱「朋黨」的指責，並以「君子之朋」自任。

宋史專家漆俠在〈范仲淹集團與慶曆新政——讀歐陽修〈朋黨論〉書後〉一文中便清楚指出，范仲淹所代表的改革派，並非是個別的幾個朝中士人，而是代表北宋時期通過科舉出仕的中下階層讀書人。他們形成了一個政治集團，並企圖通過改革來挑戰宋初以來建立的世家大族在政治和經濟方面的壟斷。漆俠在附記中指出，這種觀點早由其師鄧廣銘所提出。可見范仲淹、歐陽修不諱「朋黨」的指責，因其確有堅實的政治團隊，並

相信自己一方是「君子之朋」，而保守勢力是「小人之朋」，歐陽修的〈朋黨論〉則是有系統地把他們的觀點表達出來。

醉翁之意不在酒

　　歐陽修的〈醉翁亭記〉是千古名篇，作於慶曆六年（1046年），當時是歐陽修被貶滁州後一年。據宋代朱弁《曲洧舊聞》所記：「〈醉翁亭記〉初成，天下莫不傳誦，家至戶到，當時為之紙貴。」文中佳句「醉翁之意不在酒，在乎山水之間」，不少人均琅琅上口。那麼這個「山水之間」又是何所指呢？後文指出這是「山水之樂」。但如果讀者讀通此文，便知此「樂」並非感官上之樂，而是一種道德上以民之樂為樂的境界。

　　文章最後一段：「禽鳥知山林之樂，而不知人之樂，人知從太守遊而樂，而不知太守之樂其樂也。」如果從文句表面來看，歐陽修之樂是建基於「從太守遊」的人的快樂，那麼，這些人又何以可解讀為「民」呢？如果查考作者於同年寫的〈豐樂亭記〉，其中有「宣上恩德，與民共樂」一句便很清楚了。

　　歐陽修的兒子歐陽發在〈先公事跡〉一文中記他父親治理地方時「務以鎮靜為本，不求聲譽」。表面上「不見治跡」，但「民安其不擾」。所以，在他任過職的滁州、揚州等地，人們皆為他立祠，「追思不已」。歐陽修的這種治理思想正是在文中表達出

來。所以清代儲欣《唐宋八大家類選》便指出:「與民同樂,是其命題處。」而唐德宜《古文翼》也說:「太守之樂其樂」句是重點,「當日政清人和,與民同樂景象流溢於筆墨之外」。

〈醉翁亭記〉的面世也引起了文學界的熱烈討論,其中此文連用二十一個「也」字是討論的熱點之一。董棻《閑燕常談》曾有一段記載:當歐陽修完成此文後非常滿意,他拿給朋友尹洙看,並認為「古無此體」。尹洙則指出:「古已有之」,並拿出《周易‧雜卦》為證。後來的評論者也引《莊子‧大宗師》,甚至《論語》、《孟子》等先秦經典,指出這種寫法在文學史上的淵源。在「以古為高」的「古文運動」時期,這種把新創作聯繫古代經典的評論,也未嘗不是一種讚譽。不過,也不要忘記多用「也」字在此文中的確發揮了「紆徐不迫之態」的效果。

此文初面世時,不少大家的評論都不是很正面,主要是認為這篇文章名為「記」,但實際不合「記」這種文體的定制,所以加以批評。例如宋祁認為:「只目為〈醉翁亭賦〉,有何不可?」而秦觀也說:「〈醉翁亭記〉亦用賦體。」明代吳訥《文章辨體》引《金石例》云:「記者,紀事之文也。」又西山曰:「記以善敘事為主。〈禹貢〉〈顧命〉乃記之祖。後人作記,未免雜以議論。」

其實,自中唐以來,韓愈、柳宗元等人已常利用「記」來發表議論,記體文的所謂「正統」已開始被打破。到了宋代,更加重視議論,常在遊記和亭台堂閣記中結合敘事、描寫、議論三者。歐陽修是宋代「古文運動」的首領,但在〈醉翁亭記〉一文中,他卻吸收了賦體文鋪陳排比的手法,並且運用了不少駢偶句狀物寫情,駢散相間,以致引起文體不正的批評。

　　當時王安石比較王禹偁的〈黃州新建小竹樓記〉及〈醉翁亭記〉時也稱前者勝於後者，主要是後文不合「記」的體制。不過金代的王若虛就指出：「〈醉翁亭記〉雖涉玩易，然條達迅快，如肺腑中流出，自是好文章。〈竹樓記〉雖復得體，豈足置歐文之上哉？」元代虞集也指出此文「逐篇敍事，無韻不排，只是記體。第三段敍景物，忽然鋪敍，記中多有。」因此指這篇文章是「賦」而不是「記」，並以是否合乎文體來定優劣，而不看其內容及文辭的精妙是不合理的。

　　〈醉翁亭記〉立意高遠，文辭豐茂，一面世便大受歡迎。當時有音樂家太常博士沈遵，依文意創作了一曲琴譜，後歐陽修再依曲填詞。歐沈二人去世後，道教樂師崔閑又請蘇軾依曲填新詞，後世遂有〈醉翁操〉、〈醉翁引〉等曲詞。此文對日韓的文學也有所影響。日本江戶時代林羅山的〈多景樓記〉，多有模仿的痕跡；韓國李氏王朝的文人對此文也多所仿作，較著名的有〈醒翁亭記〉、〈勝滁亭記〉、〈醉石亭記〉等。

〈湖心亭看雪〉的兩個疑惑

　　張岱〈湖心亭看雪〉一文是小品文名篇。此文精練典雅，內容高潔不群，也懷有淡淡的故國之思，實為了解明代小品文的最佳典範。但文中也有一些地方語意不明，以致今人有多番爭議，似乎未有定論。

　　張岱生活於明末清初，浙江紹興人。他出身於官宦人家，其祖三代進士，家境極為富裕。四十多歲時，滿清入關，他曾參與南明抗清運動。可惜，南明諸王才具平庸，品德欠奉；小朝廷各官吏爾虞我詐，面對大敵當前，不但未能合作，尚要互相傾軋，最終南明敗亡。自此張岱家道中落，生活貧困。一方面，他恥於出仕清朝，另一方面也有感於他前半生的生活窮奢極欲，終致明亡後一貧如洗，此乃天道循環的報應，因而遁隱深山，潛心著作，以求贖罪。

　　〈湖心亭看雪〉收錄於《陶庵夢憶》一書。為作者入清後所寫。文中追述明崇禎五年（1632年）十二月，作者往西湖的湖心亭看雪的情景。當時已大雪三日，人鳥聲絕跡，可見寒冷至極，作者卻獨自僱用小舟往湖心亭。湖上所見，廣闊天地白霧

籠罩，水氣凝結冰霜，天、雲、山、水一片白茫茫。其間只有微小的影子：「長堤一痕、余舟一芥、舟中人兩三粒。」作者以為自己這種舉動也算「癡」了，但到了亭上，竟有人與他品趣相同，因而喜出望外。

在講到當天張岱出門時間：「是日更定矣」，一般解釋「更定」為晚上八時左右。因古時一夜分五更，每更相當於現在兩小時。每晚八時開始擊更報時，稱為「更定」。至此，有人可能疑惑：如果作者出遊是寒冬晚上八時，則環境應該非常黑，為何會見到「上下一白」及「湖上影子」呢？這令人想起《世說新語》中王子猷夜訪戴逵的故事，有言「夜大雪，眠覺，開室，命酌酒，四望皎然」，是不是雪夜能看到「皎然」的景色呢？由於未看過雪夜的景色，真不敢斷定此說是否能成立。不過，如果張岱出遊那晚是月夜，那問題就容易解決，可惜文中沒有說是月夜。

另外，有人解釋「定」是完的意思，「更定」則為五更完的時候，相等於黎明時分的五時之後。這就解通了。黎明時分，晨光熹微，湖上雪景上下一白是能看到的。而且，配合前文所寫，在大雪三日後，人鳥聲俱絕的黎明時分，作者在此最寒冷的時候往湖心亭看雪，更突顯了他的「癡」。

不過，也有不少考證指「更定」應是晚上。例如〈過劍門〉：「傒僮下午唱《西樓》，夜則自串。傒僮為興化大班，余舊伶馬小卿、陸子雲在焉，加意唱七齣戲至更定。」這裏的「更定」則很難解作黎明了，唱戲由下午唱至晚上八時很合理，但如果說唱至黎明，則難以置信。所以「更定」一詞尚待高人考證。

　　另一處令人疑惑的地方則較容易自圓其說。當作者到亭上，看見有兩人早他而到，並邀他飲酒。作者飲了兩杯後便告別，並「問其姓氏，是金陵人，客此」。有人認為，這好像是答非所問。人家問你姓甚麼？你卻答是金陵人，「九唔搭八」。其實可解釋是，古人初見面，常常互問對方姓氏籍貫。當時，作者也應該是如此。只是此文為作者入清後的追述，作者可能已忘記了對方的姓氏，而且對表達文章主旨的關係也不大，因而從略。至於「金陵」便是南京，是明太祖建都的地方，也是南明政權抗清時的重要國都，作者特別記得金陵及刻意在文中提及此地，正是他以明遺民的身分，表達對故國的思念。至於「問其姓氏」是習慣，不可不寫，為了行文方便，作者可能因此而省去「問其籍貫」吧？！

敦煌藏經洞

　　第一次聽到「敦煌」，大概是在電視上的紀錄片，印象十分模糊。真正引起對這個地方多一點認識的是看到余秋雨的散文集《文化苦旅》。書中第一篇〈道士塔〉就引出了敦煌的悲劇。陳寅恪先生説：「敦煌，吾國學術之傷心史也。」

　　從魏晉南北朝到元代，敦煌累積了千多年東西文化交流的陳蹟，莫高窟就是這一累積的結晶。清末，國家正處於內憂外患的時候，一位來自湖北麻城的農民王圓籙來到敦煌。這位目不識丁的農民成為了道士，並掌握了佛教寶藏莫高窟的管理權。1900年，在一次打理16號洞窟時，他在甬道的北側意外地發現了封存千年的藏經洞，裏面收藏了由魏晉南北朝到宋代合共五萬多件的文獻及文物。這是世界學術史上的一次重大發現，卻發生在一位不識字的平庸道士身上。

　　匈牙利裔的英國探險家斯坦因和法國漢學家伯希和先後來到敦煌，他們付出了少許金錢給王道士，就把藏經洞內的文物一箱一箱地運往倫敦和巴黎。其後，日本人橘瑞超、吉川小一郎；俄國人鄂登堡和美國人華爾納也來了，於是敦煌文物又被

分散到世界各地。就這樣，王圓籙就成為了余秋雨口中的「敦煌石窟罪人」。

其實，發現藏經洞初期，王圓籙一直向當地官員提出保存文物的要求，甚至也得到時任甘肅學台葉熾昌的重視，但最後還是不了了之。大量經卷給外國人搬走後，終於引起了清廷的重視，文字學家羅振玉向學部建議剩餘的文物由官方運往北京保存。這些「倖存」國內的文物，其遭遇又如何呢？大陸作家周伯衍在其《重返敦煌》一書中，同樣是第一篇這樣寫着：「1910年5月，裝着8,000件遺書的18隻箱子，捆綁在六輛馬車上開始東行。途中，不繼發生官員鄉紳哄搶盜竊、押運人員監守自盜事件。當運送遺書的大車好不容易抵達北京城時，竟然遭到了更大範圍的劫掠。」對此，余秋雨憤怒地說：「偌大的中國，竟存不下幾卷經文？比之於被官員大量糟踐的情景，我有時甚至想狠心說一句：寧肯存放在倫敦博物館裏！這句話終究說得不太舒心。」

這些珍貴的敦煌文獻，除了漢文外，還有古藏文、梵文、龜茲文、粟特文、突厥文、回鶻文、康居文等。除了佛經和儒家經典，還包括道教、摩尼教、景教等典籍。中間還有不少當時的戶籍、樂舞、醫學、文學等資料，不單有利於研究中國古代史，對東亞、中亞乃至西方的古代史的研究都能發揮重大的作用。據聞斯坦因拿走的是最精美的，而伯希和拿走的是最有學術價值的。日本人說：「敦煌在中國，但敦煌學在日本。」由於歷史條件等因素，中國的敦煌學的確落後於國外。經過常書鴻、段文杰、樊錦詩三代敦煌學者的領導，中國的敦煌學研究

如今逐漸達到國際水平。

　　或者冥冥中早就有一種預設，陸上絲綢之路是走上國際的，敦煌就是它的國際大城市。因此，充滿國際性的敦煌文獻最終也得走上國際，散落在世界各地，由各國的專家為它而皓首窮經。是否可以這樣說，敦煌在中國，敦煌學是專家們的，而敦煌的財產是屬於全人類的？

第二章

先哲之思

孔子的「禮」、「義」、「仁」

儒家思想是中國傳統思想的主流。創始於孔子，經過孟子及荀子的充實，奠定了早期儒學的系統。西漢時，漢武帝聽從董仲舒的建議，提出「罷黜百家，獨尊儒術」，使儒家思想取得主導性的地位。歷代儒學均有所發展，例如漢儒的陰陽五行化、經學化；魏晉的玄學化，及至宋明時期的理學、心學。但皆脫離不了早期儒學的框架，孔、孟、荀的學說仍然是其基礎。

本文嘗試簡單地介紹孔子的思想脈絡，至於孟子和荀子的思想則會另文介紹。

孔子的核心思想是「禮」、「義」、「仁」三者緊扣，再由這三者衍生出其他觀點。孔子生於春秋時代，當時周朝的封建制度已逐漸崩潰——國與國之間互相兼併、篡弒頻生、外族入侵，社會處於混亂狀態。面對這種失去秩序的亂世，孔子提出了恢復禮制來解決亂的問題。他認為如果恢復禮制，社會便有秩序，有了秩序，社會就不再亂，人民各得其所，生活便會安定了。

孔子所要恢復的是「周禮」，即是周公所創立的制度。但

是，當初周公制禮作樂只是訂下了規矩，至於為何人民一定要守規矩則沒有說明。現在孔子提出「復禮」便要進行說明了。孔子認為「禮」是合乎「義」的。那麼，甚麼是「義」？「義者，宜也。」「義」便是合宜、恰當、適合的意思。所以孔子告訴大家，遵循禮是合宜的，是大家都認為對的，所以要「復禮」，社會便有秩序，便不會亂。

但是為何「禮」是合乎「義」呢？其判斷的標準何在？孔子便提出了「仁」的觀念。孔子沒有對「仁」作清楚的定義，但從他的論述中可知道「仁」是人與生俱來皆有的特質。而「仁」便是人作出價值判斷的基礎。所以孔子的基礎理論便是，社會亂，只有恢復秩序，人民才能過幸福的生活，因而要「復禮」，而「禮」是合乎「義」的，這是通過「仁」所作出的判斷。而「仁」是人所具有的特質。

理解了以上的框架，便能較容易理解《論語》中的「論仁、論孝、論君子」。君子是最能體現「仁」的人，所以說：「君子去仁，惡乎成名？」即是如果君子沒有「仁」，那麼又怎能稱為君子呢？而「仁」是內在於人的價值判斷的基礎，所以君子是「不憂不懼」的，因為「內省不疚，夫何憂何懼？」即是說君子有「仁」在心內，而「內省」即是通過「仁」作了價值判斷，既然能通過了「仁」的判斷，當然是合乎「義」（合宜）了，便會理直氣壯，哪有憂懼呢？

「孝」則是「禮」的分枝。孟懿子問孝。子曰：「無違。」孔子再解釋：「生事之以禮；死葬之以禮，祭之以禮。」而這「孝」不是外在的規範，而是人內在情感（「仁」）在起作用。所以孔

子說：「父母之年，不可不知也。一則以喜，一則以懼。」這個「喜」與「懼」便是內在情感，是「仁」的表現，是合宜（「義」）的「禮」。

　　本文簡述了孔子的「禮」、「義」、「仁」的關係。日後孟子和荀子的思想均在這基礎上加以發揮，後文將再詳談。

孟子的「性善論」

前文曾談及孔子的理論核心是「仁」。「仁」是人與生俱來的特質，人憑着它作出一切道德判斷。但是「仁」的具體內容是甚麼？孔子沒有正面説。到了孟子，便直接把這種人與生俱來的特質稱為「善」。《孟子》中〈魚我所欲也〉一章便是探討「善」的其中一個具體內容——「義」。

《三字經》有「人之初，性本善」，直接取自孟子的性善論。但很多人都不同意人天生是善的，因為我們隨時可在社會上發現很多壞人。有些人認為人有善的，也有惡的。更有人説人的本性是惡的，因為人都是好逸惡勞，做壞事從不需學才會。如果以這些觀點反駁孟子，其實是不明白孟子「性善論」的意思。孟子説：「人異於禽獸者幾希。」其實他也認為人與禽獸的差別不大，人也有禽獸的本性。所以俗話有「衣冠禽獸」，即外表穿衣戴帽、內心卻充滿獸性的「人」。孟子所指的「性本善」，其實是指人與禽獸在「本質」上的不同，即禽獸有禽獸的性，人也有禽獸的性，但人與禽獸有一丁點（幾希）的「異」，而這一丁點的「異」便是「善端」，即善的萌芽。因為人天生多了這一丁點的善

的萌芽便與禽獸不同了。孟子便從這一點來判別是人是獸。

那麼，「善端」的具體內容是甚麼呢？孟子説：「惻隱之心，仁之端也；羞惡之心，義之端也；辭讓之心，禮之端也；是非之心，智之端也。人之有是四端也，猶其有四體也。」即是説「善」的內容便是「仁」、「義」、「禮」、「智」，而人天生便有這四種善的萌芽。人如果要作為一個人，便需保存這萌芽；一旦失去，人便無異於禽獸了。而人生的目標，便是培育這善的萌芽，使其苗壯成長。那麼，在人的身上，善便會越來越多，而獸性便會越來越少。一旦身上充滿善，而獸性全面撤退，那麼便可成為聖人了！「天」是充滿善的，則聖人之德便可與天看齊，這便是「天人合一」的境界。所以，孟子的教育觀是「啟發式」及「引導式」的。一切教育的內容皆在每個人的生命之中，教育的目的便是把原本已有的那一丁點善的萌芽，用心地栽培，使其成長。由於每個人天生皆有善端，如果得到悉心培養，人人皆能成為聖人。

「仁」便是「惻隱之心」，即同情心；「義」是「羞惡之心」，即羞恥憎惡的心；「禮」是「辭讓之心」，即互相尊重禮讓的心；「智」是「是非之心」，即辨別對錯的心。其中〈魚我所欲也〉一章便是討論「義」的問題。孟子以類比的手法指出當魚與熊掌兩者不可同時擁有時，我們通常會選擇較珍貴的熊掌而捨棄魚；而如果生命及正義兩者不能同時並存的時候，便應選擇正義而捨棄生命。因為，有些東西比生命更重要，也有些東西比死更討厭。生死是自然的邏輯，人與禽獸皆要面對，而「義」是善的，是判斷人與禽獸的差異點，如果沒有這差異點，「人」是不

能成立的。不過在現實生活中，我們可以看到不少人為了巨大的利益和虛榮而放棄「義」。孟子便批評「此之謂失其本心」，即因利益的蒙蔽而失去「本心」。

　　孟子進一步說明孔子的「仁」，並名之曰「善」，也提出了具體的內容。而孟子的「性善論」是判別人與禽獸的差異點，並非說人沒有惡的成分。只要人能培養善性，削去獸性，便能成為聖人，與天合一，可見孟子思想充滿人文精神。

荀子的「性惡論」

　　本文講荀子。雖說荀子是孔孟之後的儒學大師，但思想體系卻與兩者不同。孔孟相信人有「仁」與「善」，即人有自覺的道德心，只要加以培養，即可成聖。荀子則否定這一點，視人性與獸性同，而道德是外加的，成聖之路是通過外在的學習而促成的。荀子的〈勸學篇〉即指出人如何通過外在的學習而成就聖人之道。

　　孟子承孔子的「仁」加以發揮，指出人與禽獸的差別很少，只是一丁點「善」的萌芽，因而稱這一丁點之「善」謂人之性。但荀子的着眼點則在於人與禽獸的相同之處，即皆有獸性，皆是惡，而不見人與禽獸之異，所以他提倡「性惡論」。他說：「人之性惡，其善者偽也。」即是說，人的本性是惡的，人之所以為善是需要後天培養的。因此，人要重視後天的學習，通過外在的教化消除人天生的惡性，從而達到聖人的境界。

　　但是荀子的理論有矛盾，既然所有人的本性都是惡的，那麼「善」從何來？他說通過聖人教化，則「性惡」的世人可從善。但是聖人本身也是人，他的本性也應是惡，又何來有令他歸善

的動因呢？這裏是説不通的。

由於荀子視人性為惡，因此認為人需要教化。這教化的內容是「禮」。他在〈禮論篇〉説：「禮有三本：天地者，生之本也；先祖者，類之本也；君師者，治之本也。」即是説要規範性惡的人要用「禮」，而這「禮」的本源有三：第一是天地，這是生命之本源；第二是先祖，這是人類之本源；第三是君主與老師，這是人能有秩序、可致於治的本源。這即是所謂的「天地」、「親」、「君師」，此三者便是施予教化的外在本源。

因為荀子不相信人有向善的自覺心，因而強調外在的教導力量。他在〈君道篇〉中説：「道者何也？曰君道也。」從此，教化的力量便很清楚了——「君」是人民的最高規範。由此，荀子便建立了權威主義。即人民為萬惡，而君主為道德的典範，則君以「禮」教化民，使之歸善。從這裏便可以容易地解釋，為何荀子的學生韓非和李斯最後成為鼓吹君主極權的法家學者。清末譚嗣同便批評：「二千年來之學，荀學也。」

荀子強調外在的學習，最終可以成聖成賢。這種成德之道的目標是與孔孟一致的。由於強調外在的學習，他便在〈勸學篇〉中説：「木受繩則直，金就礪則利，君子博學而日參省乎己，則知明而行無過矣。」木通過繩的規範而使為直；金屬通過石磨便會鋒利；君子通過學習及每天的反省，行為便不會出錯。

而學習是需要累積的，所以他又説：「積土成山，風雨興焉；積水成淵，蛟龍生焉；積善成德，而神明自得，聖心備焉。故不積跬步，無以至千里；不積小流，無以成江海。騏

驥一躍，不能十步；駑馬十駕，功在不舍。鍥而舍之，朽木不折；鍥而不舍，金石可鏤。」一切的成就都是通過不停的累積及鍥而不舍的努力而來的。可見〈勸學篇〉是配合他「性惡論」而提出的學習理論。

　　荀子提出「性惡論」與孟子提出「性善論」，兩者並非相反的對立，而是着眼點不同。荀子視人只有獸性，而孟子也承認人有獸性，但他更着意人有一丁點與禽獸不同的「善端」，他以此而指出人性與獸性之異。所以孟子強調培養人之善的萌芽，擴而充之而走上成德之路；而荀子則認為人只能通過外在的規範與學習才能成聖成賢。

談〈逍遙遊〉中的「無用之用」

　　〈逍遙遊〉是《莊子》一書的第一篇，對莊子的學說起提綱挈領之效。陳鼓應指此篇的「主旨是說一個人當透破功、名、利、祿、權、勢、尊、位的束縛，而使精神活動臻於優游自在，無掛無礙的境地」。

　　文章最後提出兩個問題：一是惠施提出大瓠大而無用的問題；另一是惠施提出樗樹大而無用的問題。對於這兩個問題，莊子皆予駁斥，並提出小用不及大用，以至無用之用的觀點。

　　對於大瓠無用的觀點，莊子說了一個故事。宋人有發明「不龜手之藥」的，因而世代用於從事「洴澼絖」（漂洗絲絮）的工作。有人以百金買了藥的配方，並幫助吳國打敗越國，列土而封。同一藥，有的只用於漂洗絲絮，有的卻能用於得地封賞，這便是小用不及大用的道理。

　　另一是樗樹大而無用的問題。莊子指出狸狌動作靈巧，卻容易踏中機關，死於網羅之中。斄牛身體龐大，不能捉老鼠，功能卻很大。樗樹正是「擁腫而不中繩墨」，「小枝卷曲而不中規矩」，木匠對它起不了興趣，它正能不受斧頭砍伐，沒有東西

來侵害它。因它「無用」反而能享盡天年，這便是「無用之用」。

不過，如果以這「用」字來理解莊子思想，又是否能把握要旨呢？當然不能。無論「小用」、「大用」乃至「無用之用」皆為「用」。「用」即是工具。莊子思想豈是強調工具主義？

〈人間世〉有類似的說法，且看「無用」的櫟社樹讀白：「且予求無所可用久矣，幾死，乃今得之，為予大用。使予也而有用，且得有此大也邪？」這與樗樹的情況一樣，正因「無用」而能得天年。這正是否定了工具的作用，只有不作任何的工具，不為任何人所用，才能存生。

在此，又要追問一個問題。莊子否定工具主義的目的又是否在於追求保存生命？即如後世道教追求長生不老？〈養生主〉記秦失吊老聃死一段：「適來，夫子時也；適去，夫子順也。安時而處順。哀樂不能入也。古者謂是帝之縣解。」即是說死與生皆有時，因此，視生死應是「安時而處順」。如果這樣說，則生死順其自然，無需強求。那麼又何必要求長生不老呢？所以「無用之用」所得的「生」似非保存性命、求長生不老之「生」。

其實，求長生不老和保存性命之「生」乃是形骸、軀體之「生」，這是自然的，有生必有死，屬於道之規律，故「安時而處順」便是。莊子之妻死，而莊子擊盆而歌，便可見其不着緊於形軀之生死。所以在解「無用之用」時，強調保存性命便是不當了。

依勞思光的說法，莊子的思想在於強調一種本體的自我，這既非軀體的「我」，也非認知的「我」，更不是德性的「我」。而是一種觀賞之「我」，即為「情意我」。所以一切生死、知識、

道德皆為其否定，只保存其觀賞萬物之主體。而「無用之用」所
保存的「生」，即是這觀賞主體的生命，或說是精神層面的，而
非形軀之生命，這是值得留意的。

「侍坐章」各言其志

《論語·先進篇》中，有「侍坐」一章。此章行文簡潔平淡，少有鋪張，但人物的形態性格躍然紙上。學生滿懷理想，老師諄諄誘導，師生之間的情誼表露無遺。

當時子路、曾皙、冉有、公西華侍坐。孔子請他們各言其志。

衝動的子路率先發表意見。他認為自己能使一個攝於大國之間、面對外國入侵及處於饑饉的「千乘之國」在三年間變得「有勇」及「知方」；較退縮的冉有則表示，他可以三年時間，令一個六七十里或五六十里的小國民生富足，禮樂教化則要交給其他君子了；公西華則很謙虛，說不敢稱有能力，只是願意學及願在宗廟當一個小司儀。

當曾皙出場時，則有一簡短的描述：「鼓瑟希，鏗爾，舍瑟而作。」營造出一種優雅的藝術氣氛。然後謙虛地說：「異乎三子者之撰。」孔子說：「何傷乎？亦各言其志也。」曾皙說：「莫春者，春服既成；冠者五六人，童子六七人，浴乎沂，風乎舞雩，詠而歸。」孔子喟然嘆曰：「吾與點也！」

前三人離開後，曾晳詢問孔子對他們的看法。孔子說子路不夠謙遜；而冉有所能治的，又何以不是一個國家？公西華在宗廟任小司儀，需祭祀宗廟，會見外賓，根本已是在治理國家了。可見後二人又太過謙虛了。

四人談抱負，曾晳明顯與前三者不同。前三者雖然性格各有不同，但皆有建功立業的大志。正如現在的學校教育，皆欲學生能在比賽中獲勝，能在考試中取得佳績，能考入大學神科，日後成為專業人士，或幹一番大事業，最終名利雙收。但曾晳追求的是一種藝術人生。暮春之時，沐浴於沂水，在和風中唱詠而歸。這是一種沒有功利的境界，卻是活出人生的最高意義。

清代張履祥《備忘錄》：「四子侍坐，固各言其志，然於治道亦有次第。禍亂戡定，而後可施政教。初時師旅饑饉，子路之使有勇知方，所以戡定禍亂也。亂之既定……則宜繼以教化，子華之宗廟會同，所以化民成俗也。化行俗美，民生和樂，熙熙然遊於唐虞三代之世矣，曾晳之春風沂水，有其象矣。夫子志乎三代之英，能不喟興嘆？」

「侍坐章」中四子言志的敘述次序是否如張履祥所言刻意有一由亂而治、由治而教、由教而致三代聖域的鋪排呢？這似乎是牽強的說法。但無可否認曾晳的境界是最高的，所以孔子也說：「吾與點也！」但回望現今的學校教育，最終的追求，似乎仍停留在前三者。

在《莊子·齊物論》中
找幾段來談教育

　　《莊子·齊物論》中有一段齧缺和王倪的對話。齧缺問王倪:「子知物之所同是乎?」即到底萬物有共同的標準嗎?王倪舉了幾個例子,質疑何謂「正確」的標準,即是何謂「正處」、「正味」、「正色」?

　　首先,有沒有所謂「正處」呢?王倪説:「民濕寢則腰疾偏死,鰍然乎哉?木處則惴慄恂懼,猨猴然乎哉?」即是人睡在潮濕的地方,會患腰痛,甚至半身不遂,泥鰍會嗎?人爬上高的樹上會害怕,猿猴會嗎?那麼這三種動物的生活習慣哪種才合標準(「正處」)呢?

　　第二,有沒有所謂「正味」呢?王倪説:「民食芻豢,麋鹿食薦,蝍蛆甘帶,鴟鴉嗜鼠,四者孰知正味?」即是説,人吃肉類,麋鹿吃草,蜈蚣吃小蛇,貓頭鷹和烏鴉則喜歡吃老鼠。這四種動物到底哪一種的口味才合標準(「正味」)?

　　最後是何謂「正色」呢?王倪説:「猨猵狙以為雌,麋與鹿交,鰍與魚游,毛嬙、西施,人之所美也;魚見之深入,鳥見

之高飛，麋鹿見之決驟。」即是猵狙與雌猿作配偶，麋和鹿交合，泥鰍和魚相交。毛嬙和西施是世人認為最美的，但是魚見了即逃游水底，鳥見了就遠飛高空，麋鹿見了也會急速奔跑。這四種動物，究竟哪一種美色才算最標準（「正色」）呢？

近來，又有一種說法，即我們教育界要訓練能適合三十年、甚至四十年後使用的人才。所謂「後之視今，亦猶今之視昔」。反過來說，三四十年前的「教育家」已知道我們今天所需要的人才嗎？我們又是否能未卜先知，已掌握了三四十年後的真實環境？《莊子‧齊物論》有這麼一段有趣的提法：「麗之姬，艾封人之子也，晉國之始得之也，涕泣沾襟；及其至於王所，與王同筐床，食芻豢，而後悔其泣也。」麗姬在初嫁給晉王時哭得要生要死，但後來發現當王妃的生活是如此的寫意，就後悔當初的哭了。莊子甚至更抵死地提出：「予惡乎知夫死者不悔其始之蘄生乎！」即我怎能知道死了就不會後悔當初不該戀生怕死呢？我們真的知道三四十年後所需要的人才是甚麼嗎？

其實，甚麼統一標準，甚麼教育未來三四十年後使用的人才，這些做法或提法也只不過是把人當作工具，而不是把人當作人來看待。只是視教育界為生產工具的工廠，因此要考慮品質監控（QC）統一標準；當然也要搞搞 Marketing，了解市場的需求，以期求購。那麼，人生的意義是甚麼？就不為我們的教育制度和「教育家」所考慮了！

〈蘭亭集序〉的主題

　　王羲之的〈蘭亭集序〉是書法史上的「神品」，其曲折之遭遇，已曾撰文以述之。其實，除了書法史上的崇高地位外，此文內容也是高水準的，為千古傳誦。

　　〈蘭亭集序〉是一篇典型的魏晉散文，其思想內容顯示了當時的時代面貌及生活觀念。魏晉時代是一段戰亂頻繁、社會動盪不安的時期。東漢末年，戚宦相爭，政治敗壞，終致黃巾之亂，最後演變成州牧割據，魏、蜀、吳三分天下。雖然後來也有短暫的西晉統一，但政治仍然十分混亂，其中「八王之亂」嚴重傷害國家元氣，北方胡人──匈奴、鮮卑、氐、羯、羌等外族相繼內徙中原，終致「五胡亂華」，西晉滅亡，北方陷入胡人統治。晉室南渡後，建立東晉，僅得半壁江山，時受北方胡人騷擾，而內部的政治也不見清明。

　　王羲之身處東晉時代，出生於琅琊王氏。此一家族是東晉第一望族。「永嘉之亂」後，西晉滅亡。宗室司馬睿南逃建康，建立東晉政權，是為晉元帝，可惜為南方朱、張、顧、陸等大姓所鄙視，施政十分困難。當此之時，同為南渡的北方大族琅

琊王導率其族人王敦及其他北方大族共同擁戴元帝,皇權得以
鞏固。所以當時有諺曰:「王與馬,共天下」,可見琅琊王氏之
權勢。

魏晉時期社會動盪,普通老百姓固然困苦不安,而出身於
世家大族的文士也常捲入政治鬥爭,性命隨時不保。為求保存
性命,他們常常逃避現實政治。而追求玄理妙想,談論老莊、
佛理是當時士人的時尚,「魏晉玄學」因此而出現。寄情在玄理
之間,遊騁於山水,沉湎於逸樂,以忘現實榮辱生死之苦痛,
是當時士人的一種生活態度。

東晉穆帝永和九年(353年)暮春,王羲之率子徽之、名士
謝安、高僧支遁等四十多人在今紹興的蘭亭舉行修禊雅集。各
人隨景賦詩,得三十七篇,由王羲之結集作序,是為〈蘭亭集
序〉。當天春和景明,惠風和暢,在崇山峻嶺、茂林修竹之間,
隨流觴曲水,飲酒賦詩,各抒胸懷。王羲之綜合各詩主題,抒
發己見。人之情感紛繁,性格各異。有的喜靜處一室,各抒懷
抱,有的好放浪形骸,外託山水。喜極而不知老之將至。但一
旦事過境遷,則又悲從中來,頓感生命的短暫。

生死是人類永恆的主題。〈蘭亭集序〉一文最終重點也歸結
於此。「每覽昔人興感之由,若合一契,未嘗不臨文嗟悼,不
能喻之於懷。」古今之人,對於死亡,無不悲痛、恐懼,往往
想方設法加以排遣,但又於事無補。而「後之視今,亦猶今之
視昔」,永續下去。王羲之引《莊子・德充符》中「死生亦大矣」
句,點出此一主題。魏晉玄學好談老莊,而莊子對生死的態度
非常豁達,把生命之長短視為相同,在〈齊物論〉中提出「莫壽

於殤子，而彭祖為夭」的看法，即視早夭的小孩為長壽，而視長壽的彭祖為短命。這是一齊物的觀念，生死無別，那便不對此有所執着了。

王羲之對生死齊一的觀點提出異議，他說：「固知一死生為虛誕，齊彭殤為妄作」，直接批評了莊子的觀點。在此也可見到「魏晉玄學」名為談老莊，實又有其不同的觀點。莊子主張的是自然之道，道之運行，到其生則生，至其死則死，這是大自然的規律，原不應強求。因此，他在〈養生主〉提及秦失吊老聃死時說：「適來，夫子時也；適去，夫子順也。安時而處順。哀樂不能入也。古者謂是帝之縣解。」而王羲之所提出的則是現實層面的理解，面對死亡時，哪能像莊子那樣樂觀？因為，死亡的來臨，也便是個體生命的完結。任憑你有何觀點，死終究是死，這是不能解決的問題。

魏晉時人的生死觀顯然與莊子不同。時人對死的恐懼是基於肉體生命的終結。為求長生不老，當時冶煉及服食丹藥的風氣非常盛行。而崇信天師道，進行修道，以求長生，也是當時的風尚。王羲之一家便是虔誠的天師道教徒。而在莊子的觀點，肉體的生命是一「有待」之物，是人精神不得逍遙的障礙物。他提出「乘天地之正，而御六氣之辯，以遊無窮者，彼且惡乎待哉」，是在精神上對現實世界一切（包括肉體生命）的超脫。

不少人把魏晉玄學與老莊思想等同，把道家思想與道教等同，這是不對的。就〈蘭亭集序〉一文中對生死主題的觀點，可見一斑。

周敦頤的〈愛蓮說〉與「理學」

　　「理學」興盛於宋代和明代，故又稱「宋明理學」，這一哲學思想，把傳統的孔孟儒學作了新的發揮，故又稱「新儒學」。周敦頤的〈愛蓮說〉是詠物說理，把蓮花比喻為君子，而較少人留意此文的背景與理學思想的關係。

　　〈愛蓮說〉以蓮花比喻為君子，通過描寫蓮花的特徵，突出君子的形象，這是文章的主題。其中，又以代表世俗人的牡丹和代表隱逸者的菊花作陪襯，以突顯蓮花的君子形象。

　　「自李唐來，世人甚愛牡丹。」牡丹代表富貴，所以為世人所好，又自隋唐以來最盛。唐代詩人劉禹錫〈賞牡丹〉一詩「唯有牡丹真國色，花開時節動帝京」，可見其受歡迎程度。

　　菊花的隱逸形象則與陶淵明有關。「採菊東籬下，悠然見南山」是陶淵明不為五斗米折腰、歸隱田園後的生活寫照。陶生於東晉亂世，年輕時有澄清天下之志，後發現塵世污濁，無以發揮，只好潔身自愛，歸隱山林。傳統士人的「天下有道則仕，無道則隱」大概就是這種體現，而「隱」則較近於道家。

　　蓮花傳統上是佛教的象徵。佛經中有《妙法蓮華經》；而如

來佛祖、觀音菩薩也以蓮花為座。唐代釋道世《諸經要集》有云：「故十方諸佛，同出于淤泥之濁；三身正覺，俱坐于蓮台之上。」〈愛蓮說〉的「出淤泥而不染」與「出于淤泥之濁」有相近的行文。

而「君子」是儒家的象徵。孔子曰：「君子義以為質，禮以行之，孫以出之，信以成之。君子哉！」君子的形象是儒士追求的理想。

但是，如果我們稍為理解歷史便知道，儒學是中國傳統的本土思想，而佛教則是外來宗教。佛教初傳於東漢，大規模的在華傳播則在魏晉南北朝，至唐代時已在中土大盛，並開始出現漢化的宗派，例如禪宗、淨土宗等。佛教在唐代的鼎盛，曾受到儒學之士的排斥，其中「文起八代之衰，道濟天下之溺」的韓愈便力拒佛教，陳明華夷之辨，並向唐憲宗諫迎佛骨。由此可見儒、佛的水火不容。

然而，也就在這矛盾激化的時刻，逐漸出現融和的趨勢。儒學雖是中土本有思想，但其「未知生，焉知死」、「未能事人，焉能事鬼」、只重現世而不重形而上思辯的特質，在學術思想的競爭史中漸漸輸給道、佛。魏晉玄學追求玄妙、理趣，已要從道家中探求。及至佛教的傳入，其思辯理趣更勝儒、道。其中禪宗在唐代大盛，更非儒學所能企及。

唐代儒士在面對挑戰時，一方面仍然擺出排拒佛教的姿態，但也逐漸思考為儒學建立形而上的理論框架。而理論的建立則以佛、道為參考。所以韓愈的學生李翱著〈復性書〉，以佛、道的思維方式建構人性本質的來源。及至宋代，周敦頤著

《太極圖說》，以道家的概念，建立儒家的宇宙觀體系。經過了
這一番的努力，張岱、程顥、程頤、朱熹等大儒輩出，更新後
的儒學因而成熟，並在宋、明大盛，而成為「理學」，可與佛道
爭長短。

談李翱的排拒佛教與復興儒學

　　上文提及周敦頤的〈愛蓮説〉，實涉及佛儒互相影響的問題。其背景是隋唐以來，佛道大盛而儒學衰微，及至宋代，儒學始復興，而出現了「理學」。其中的轉折則在於中晚唐有韓愈、李翱等人致力排佛復儒，並引佛學之思辯表述來闡釋儒學，而成為「宋明理學」的濫觴。以下解説李翱的〈命解〉一文的主旨，並略述李翱的思想。

　　〈命解〉一文的主旨與李翱本人的思想體系其實關係不大。此文主要是提出李翱對命運的看法。他首先提出不信命運的觀點：「貴與富在我而已，以智求之則得之，不求則不得也，何命之謂哉？」再提出相信命運的觀點：「不然。求之有不得者，有不求而得之者，是皆命也，人事何為？」然後李翱指出，無論不信命運或者相信命運都有弊端：不信命運的人會唯利是圖，不講道德；而信命運的人則會不思進取，不耕作而望有收穫。李翱認為正確的態度應是「爾循其方，由其道」，即是使用恰當的方法、遵循道德以求財富，那麼雖得「千乘之富」也不可以説是貪；反之，則「雖一飯之細也，猶不可受」。

　　真正能體現李翱思想體系的是〈復性書〉。李翱認為,自兩漢以來,儒學已為佛道二教所淹沒,因此他需復興之、振作之。其中孟子談人之性本善,也已淹沒久矣,故他作〈復性書〉以闡明。他說:「性命之書雖存,學者莫能明,是故皆入於莊、列、老、釋。不知者謂夫子之徒不足以窮性命之道,信之者皆是也。有問於我,我以吾之所知而傳焉。」

　　他指出:「人之所以為聖人者,性也;人之所以惑其性者,情也。喜怒哀懼愛惡欲七者,皆情之所為也。情既昏,性斯匿矣,非性之過也。」即是說,「性」是善的,聖人因據有「性」而為聖人。至於普通人比不上聖人,是因為普通人的「性」給「情」蒙蔽了,因而「性」不能彰顯。他說水火好比「性」,而泥沙煙霧好比「情」,水火之所以不清明是因為泥沙使水混濁,煙霧使火不明。

　　所以,「情」令「性」不能彰顯,俗人正是處於這種狀態;至於聖人則是能駕馭「情」,使「情」不能蒙蔽「性」,他說:「情之動弗息,則不能復其性而燭天地,為不極之明。故聖人者,人之先覺者也。覺則明,否則惑,惑則昏,明與昏謂之不同。」

　　但是李翱也指出,「性」與「情」是互為瓜葛的,「性」是主,「情」則依其下,「是情由性而生,情不自情,因性而情;性不自性,由情以明。」所以,如果一旦「情」給消滅了,「性」也同樣消失。他說:「夫明者所以對昏,昏既滅,則明亦不立矣。」

　　那麼,要成為聖人,應該處於甚麼狀態?他提出《中庸》中「誠」的概念。他說:「方靜之時,知心無思者,是齋戒也。知本無有思,動靜皆離,寂然不動者,是至誠也。」即是對外物要

處於一種「寂然不動」的狀態，即是不為外物所累。這一說法，則跡近佛教了。他又說：「物至之時，其心昭昭然，明辨焉而不應於物者，是致知也，是知之至也。」這種「不應於物」的觀念，也與佛教相近。

　　不過，李翱在〈去佛齋〉中說：「佛法之所言者，列禦寇、莊周所言詳矣，其餘則皆戎狄之道也。」又指責佛教中人：「夫不可使天下舉而行之者，則非聖人之道也。」他們不養蠶織布而有衣穿；不耕作而有飲食；安居而不勞作，役使千萬人而奉養他們，而令其他人忍受凍餒。所以李翱極力排佛。這種排佛復儒、引佛述儒的做法，最終實現了儒學的復興，開啟了「宋明理學」的新時代。

第三章

詩意詞情

談談古典詩詞

　　中國的詩可分古詩、近體詩及新詩。古詩及近體詩均以文言文寫成。古詩起源最早，《詩經》、《古詩十九首》、曹操父子、建安七子、陶淵明等的詩皆為古詩。古詩沒有限制句數，可短可長，有些可長至數十句。每句字數也沒有限制，有四言詩、五言詩、七言詩和雜言詩。押韻方面，則韻腳皆在偶句末字，有一韻到底的（即全詩只押一個韻），也有中間換韻的（即一首詩押多於一個韻）。而韻腳通常是平聲韻。古詩也沒有特別要求詩中要有對偶句，就算有也沒有位置的限制。例如李白的〈月下獨酌〉便是一首五言古詩。

　　近體詩在唐朝才成熟，唐朝之前沒有近體詩。唐代科舉考試進士科要求作詩，所以詩的格式要求嚴格。近體詩的典型是律詩，而絕句則是律詩的一半，還有一種是排律。律詩以每句字數分類，有五言律詩及七言律詩，句數規定為八句。押韻位置與古詩一樣，皆在偶句末字，但必須一韻到底，中間不可轉韻，也要押平聲韻。律詩八句，可分為四聯：一二句稱為「首聯」，三四句是「頷聯」，五六句是「頸聯」，七八句是「尾聯」。

其中規定「頷聯」及「頸聯」必須對偶。例如王維的〈山居秋暝〉是五言律詩，杜甫的〈登樓〉則是七言律詩。

用詞來抒情勝於詩，感情可以更細膩，描寫可以更仔細具體，所以感染力更強。詞是配合音樂，可以唱出來的歌詞，源於唐代，至宋代大盛。由於要入樂，所以首先有一個代表音樂的「詞牌」，例如〈念奴嬌〉、〈聲聲慢〉及〈青玉案〉這些便是「詞牌」。每首詞均須依據「詞牌」的規格填寫，哪一句的字多？哪一句的字少？哪裏需要押韻？均要依據「詞牌」的規定。「詞牌」主導格律而不主導內容，主導內容的是「詞題」，例如〈念奴嬌〉的「赤壁懷古」、〈聲聲慢〉中的「秋情」、〈青玉案〉中的「元夕」便是表達內容的「詞題」。

詞以字數可分三類：58字之內的稱「小令」，59至90字的稱「中調」，91字或以上的稱「長調」或「慢詞」。所以，〈念奴嬌〉及〈聲聲慢〉是「長調」；〈青玉案〉則是「中調」。每首詞通常分兩段：第一段稱「上闋」或「上片」；第二段稱「下闋」或「下片」。詞的韻腳可以是平聲，也可以是仄聲，但要依據「詞牌」的規定。對偶與否則沒有特別規定。

馬致遠的〈天淨沙・秋思〉

　　元代馬致遠的〈天淨沙・秋思〉，是一首元曲，被稱為「秋思之祖」。

　　馬致遠是元代著名文學家。年輕時熱衷於功名，曾任江浙省務儒學提舉。但元代是蒙古人統治的時代，政策往往歧視漢人；而且官場腐敗，講求關係而非實學，不願阿諛奉承難以受提拔升遷。馬致遠在仕途上終不顯達，過了二十多年漂泊無定的生活，體悟了人生，醒覺名利權勢不足恃。到了四十歲左右辭去官職，與花李郎、李時中、紅字公等，合組「元貞書會」，投入元曲創作，過着閒適的生活。

　　〈天淨沙・秋思〉：「枯藤老樹昏鴉，小橋流水人家，古道西風瘦馬。夕陽西下，斷腸人在天涯。」這是一首「小令」，全曲28字，短小精練，借景抒情，致使情景交融。「天淨沙」是曲牌，表示文字所附的音樂，而「秋思」是題目，標示了其內容主題。

　　此曲以五組動人的畫面拼出「秋思」的情感。先是枯藤纏繞的老樹，樹上有黃昏歸巢、呀——呀——啼叫的烏鴉。情景既

顯示了秋天蕭殺的特點，又營造了蒼涼悲傷的氣氛。第二個畫面是小溪上架着小橋，旁邊是尋常人家的房子，好一幅鄉村平靜的美景，給人「家」的感覺，也正是這一「家」的感覺，更增添了遊子的思鄉之情。第三幅是在荒涼的古驛道上，漂泊的遊子騎着瘦馬，在寒冷西風的吹拂下，更顯得孤獨、寂寞，思鄉之情更強烈。最後是以「夕陽西下」，作為以上景物的大背景：黃昏已至，秋景荒涼，烏鴉也已歸巢，遊子卻仍在四方漂泊，居無定所而家鄉遙遠。最後，作者以畫龍點睛之筆，把一切景物統攝於「斷腸人在天涯」一句，一切漂泊辛酸在於「天涯」，一切苦痛思念以至「斷腸」。所有景物已化為情感，在這一句中凝結及昇華。全文沒有一個「秋」字，秋景卻躍然紙上；全文沒有一「思」字，思念之情卻難以自制。

元曲中與此曲內容相近的還有以下兩首：

其一是董解元《西廂記》中〈仙呂・賞花時〉：「落日平林噪晚鴉，風袖翩翩催瘦馬，一徑入天涯，荒涼古岸，衰草帶霜滑。瞥見個孤林端入畫，籬落蕭疏帶淺沙。一個老大伯捕魚蝦，橫橋流水。茅舍映荻花。」

其二是元代無名氏小令〈醉中天〉：「老樹懸藤掛，落日映殘霞。隱隱平林噪晚鴉。一帶山如畫，懶設設鞭催瘦馬。夕陽西下，竹籬茅舍人家。」

兩曲所用意象大部分與〈天淨沙・秋思〉相近。此三曲之間應有繼承、參照，以至二次創作的關係，但相比之下，馬致遠的作品更純樸、自然、精練，表達主題更集中，削去了與表現思想感情無關宏旨的景物描寫。

　　馬致遠與關漢卿、白樸、鄭光祖合稱元曲四大家。元曲是繼唐詩、宋詞之後，中國文學史上的又一高峰。詞與曲相近，皆用以歌唱，但曲容許在音樂指定的字位中加上「襯字」，因此填寫較靈活，而且可使用口語。另外，普遍認為詞用字艷麗典雅，而曲則較俚俗，所以鄭騫評曰：「詞與曲是孿生兄弟，詞是翩翩佳公子，曲則帶有惡少的氣息。」但就以〈天淨沙·秋思〉為例，曲也可以很典雅。

從杜甫的〈客至〉談到中古音

杜甫有一名詩〈客至〉：

> 舍南舍北皆春水，但見群鷗日日來。
> 花徑不曾緣客掃，蓬門今始為君開。
> 盤飧市遠無兼味，樽酒家貧只舊醅。
> 肯與鄰翁相對飲，隔籬呼取盡餘杯。

這是一首律詩。依據律詩格律規定，偶句末字必須押韻。如果不依規定，便是一首不及格的律詩了。而恰恰這首詩無論用普通話或粵語朗讀，偶句末四個字卻並不押韻。例如：

> 「來」，普通話讀 [lái]，粵音讀 [loi4]。
> 「開」，普通話讀 [kāi]，粵音讀 [hoi1]。
> 「醅」，普通話讀 [pēi]，粵音讀 [pui1]。
> 「杯」，普通話讀 [bēi]，粵語讀 [bui1]。

難道「詩聖」杜甫作了一首不及格的律詩？

所謂「押韻」是指偶句末字的「韻部」要相同，而且要押平

聲韻。漢語一個語音可由三部分組成，分別是聲母、韻母和聲調。以「來」的粵音為例，[l] 是聲母、[oi] 是韻母、[4] 是聲調。而「韻母」也可分「韻頭」、「韻腹」和「韻尾」。「韻頭」在「韻母」的最前，通常是 [i]、[u] 和 [y]。以「來」字為例，沒有韻頭，[o] 是韻腹、[i] 是韻尾。古代所稱的「韻部」是指韻腹、韻尾再加上聲調。所以「來」的粵音韻部是 [oi4]。

〈客至〉這首詩，「來」、「開」的韻部（無論粵普）是相同的（[oi4] 和 [oi1]）。雖然兩字的聲調有點不同，前者是「陽平」、後者是「陰平」，但均是平聲。而「醅」和「杯」的韻部則完全相同（無論粵普）。但問題是，前兩字與後兩字，無論粵普音，均不同韻部，讀起來就不押韻了。

如何解釋這個問題呢？簡單的答法是：「這四個字現在讀起來不押韻，但在杜甫的年代讀起來是押韻的。古代讀音和現在不同。」這樣回答是正確的。但如果要再深入點解釋，還是可以的。

何以解釋「在杜甫的年代讀起來是押韻的」呢？因為語音是動態的，會隨着時代的變遷出現變化。同一個字，在古代和現代的讀音會有不同。音韻學家把漢語的發展分成四個階段，分別是上古（兩漢以前）、中古（魏晉隋唐）、近代（宋元明清）及現代。當然，這種分法也是很粗略的，例如「上古音」，商周時期的讀音與兩漢已經很不同，否則漢代古文經學家也無需花盡工夫研究古籍。但為了討論的方便，也暫且用之。

杜甫是唐代人，因此他講的語音應屬「中古音」。那麼「中古音」是怎樣的？我們如何能知道杜甫時期的讀音？或者如何證

明杜甫〈客至〉的押韻是對的？要了解「中古音」，必須從《廣韻》
一書入手，因為此書記載了「中古音」的讀法。

根據《廣韻》，「來」、「開」的韻部是平聲「十六咍」；而
「醅」、「杯」的韻部是平聲「十五灰」。而在「十五灰」下面又標
示「咍同用」。即是「灰」、「咍」兩韻部的字，在作詩時是可以
同用的。由此推斷，這兩個韻部應該是接近相同的。根據音韻
學家唐作藩對《廣韻》韻部的擬音，「灰」的韻母（也是「醅」、
「杯」的韻母）是 [uɒi]；而「咍」的韻母（也是「來」、「開」的韻
母）是 [ɒi]。兩個均是平聲，而前者比後者的韻母只多了一韻
頭 [u]，即是說，兩個韻部的韻腹、韻尾及聲調是相同的。所以
說，「詩聖」杜甫作的詩是及格的！

現在回頭說說《廣韻》是一部甚麼書。此書的全名是《大宋
重修廣韻》，是宋真宗大中祥符元年（1008 年），由陳彭年等人
所編修的。書名有「重修」二字，即是說之前是有底本的。那便
是唐朝天寶年間孫愐等人增補了《切韻》而成的《唐韻》。唐代
科舉考試興盛，作詩是其中一項重要科目。作詩講究押韻，因
此需要韻書作為評核的依據。當時以《切韻》為據，而《唐韻》
正是在此基礎上加以豐富的。所以說《切韻》、《唐韻》、《廣韻》
一脈相傳。

隋代統一南北。開皇初，蕭該、顏之推、劉臻、魏彥淵、
盧思道、薛道衡、辛德源、李若八名學者在一次聚會中「論及
音韻，以今聲調，既自有別，諸家取捨，亦復不同」，因此經過
斟酌討論，「因論南北是非，古今通塞」，訂下了一些標準。當
時，年輕的陸法言把這些討論內容記錄下來，二十年後，即隋

仁壽元年（601年），編撰成《切韻》一書。所以說《切韻》也不是記一時一地的語音，而是對隋代前後各地語音的一些綜合和取捨。

由隋代的《切韻》發展到宋代的《廣韻》，中間也經歷了四百多年，期間的語音也多所變化。就本文所提的「灰」、「咍」二韻部，在《切韻》年代當然是兩個不同的韻部，否則也不會二分。但到了唐宋應該發展趨於一致，因此，《廣韻》才注明「灰咍同用」。到了現在，兩韻的讀音又不同了，才造成困惑！

陽關隨想

「渭城朝雨浥輕塵，客舍青青柳色新，勸君更進一杯酒，西出陽關無故人。」這是唐代詩人王維的〈渭城曲・送元二使安西〉。初次接觸這首詩是在初中的音樂課，那時有一首歌叫〈陽關三疊〉，歌詞和〈渭城曲〉一樣。

渭城在唐代首都長安的西北方，渭河北岸，即舊時秦朝首都咸陽故地。「安西」是唐代在西域設立的安西都護府，治所在龜茲，即現今的新疆庫車。漢唐時期，中原人去西域，如果以長安為起點，經過河西四郡：武威、張掖、酒泉、敦煌，從北走可出玉門關，從南走則出陽關。所以一出這兩個關口，便算是離開了中原，到了異域。

要離開長安出使西域，往往在渭城送別。這一天，剛下了一陣小雨，洗淨了空氣中的微塵，一片清新亮麗。送別的旅館周圍種滿了青綠的、剛給細雨洗刷過的柳樹。「柳」、「留」近音，古人往往以柳樹表達對遠行親友的不捨之情。聚會或者已近尾聲，友人終要離開。王維盡最後一點殷勤，勸元二喝了臨別前的最後一杯酒。因為出了陽關便是西域，再沒有故舊好友

可以一同暢飲了。

　　早已忘了〈陽關三疊〉怎樣唱，但陽關的域外想像卻一直留在心裏。後來來到陽關故址。那裏黃沙片片，陽光猛烈。偶然會在沙堆中看到一點草叢，好一派大漠風光。就在小路的旁邊有一塊大石頭，可能是景區的擺設吧，上面刻着一首久已遺忘的詩：「葡萄美酒夜光杯，欲飲琵琶馬上催，醉臥沙場君莫笑，古來征戰幾人回？」又是一首唐詩，王翰的〈涼州詞〉。

　　涼州就是河西四郡中的武威。這首詩的豪邁正合大漠的浩瀚與滄桑。古往今來的帝皇不都是為了自己的豐功偉業而奴役百姓嗎？秦皇漢武、唐宗宋祖，俱名留青史，何其威風！但那些為他們連連征戰的士兵，只留白骨在荒漠之中，連名字也沒有人記得。所謂「一將功成萬骨枯」，歷代無數的征戰造就了多少英雄豪傑？又葬送了多少無辜生命？所以「人生得意須盡歡」，「今朝有酒今朝醉」。兵士們，難得有西域的夜光杯和葡萄美酒，應該盡興吧！自古以來，有多少征戰的兵士能全身回家？不如就在這沙場上痛飲一回，醉臥同歡吧！又有騎在馬上彈奏琵琶助興的，使軍營充滿熱鬧氣氛。胡人的風俗告訴大家，盡情享受這一域外的豪情吧！

　　抬頭一望，在大石頭的遠處是一高高的山坡，山坡上有一座古代遺留下來的烽火台。「烽火戲諸侯」——歷史課上總會講一回。這種古代的通訊系統，是國防的配套，與戰爭從來是分不開的。「白日登山望烽火，黃昏飲馬傍交河，行人刁斗風沙暗，公主琵琶幽怨多。野雲萬里無城郭，雨雪紛紛連大漠。胡雁哀鳴夜夜飛，胡兒眼淚雙雙落。聞道玉門猶被遮，應將性命

逐輕車。年年戰骨埋荒外，空見蒲桃入漢家。」這是另一位唐朝詩人李頎的〈古從軍行〉。

統治者當然可以呼風喚雨，籌謀比劃，指揮若定。但歷史的探射燈從來不會照向被使喚、被謀劃、被指揮的前線士兵。在別人豐功偉績的背後，他們是怎樣過日子的呢？李頎向大家娓娓道來。白天要登上高高的山上看看烽火台，了解有沒有敵人入侵的警報，黃昏就到河畔牧養戰馬。在沙漠上行軍，身上要背着用以敲更與煮飯的「刁斗」等軍用品。一旦刮起風沙，那就更不好受了。在這野雲萬里、黃沙片片、渺無人煙的荒漠上，下起了雨雪，天空中傳來胡雁的哀鳴，連土生土長的胡兒也流淚，對這些離鄉背井、任人驅使、九死一生的兵士更是情何以堪！現實是無情的，任你是皇家公主，也只是政治上的交易品，只能抱着幽怨、彈着琵琶和番去了。又好像那發生在漢武帝時代的一次戰役。皇帝因不滿將士的戰績，竟然關了玉門關，將士們無家可歸，只能把性命交託給帶領的輕車將軍了。皇帝發動戰爭，得到的是他的榮譽，將士們付出的卻是他們的生命——「年年戰骨埋荒外，空見蒲桃入漢家」，也不必多說明了。

曾走到豎立「陽關故址」石碑的山坡上，遠望前方一片廣漠，左邊不遠處有一片樹林。據說，這就是有名的古董灘。不要小看這片荒漠，它曾經是繁榮的陽關城，只是歲月滄桑，古城已毀，留下的遺物，可在沙堆中隨便拾到。想像起那些年「車轔轔，馬蕭蕭，行人弓箭各在腰」的場景，但我們現在又怎能體會那種艱苦的軍旅生活呢？

王安石的堅持與執拗

「牆角數枝梅，凌寒獨自開。遙知不是雪，為有暗香來。」這是宋代王安石的一首五言絕句——〈梅花〉。詩中描述了一個冬天的日子，牆角露出了數枝梅花，就在這特別寒冷的時候，其他花卉均已凋殘，梅花卻獨自開花。在遠遠的地方已經知道那白色的一片不是雪，因為幽幽的香氣隱隱約約地傳來。

這是王安石變法第二次罷相後寫的。「梅花」是「歲寒三友」之一，自古以來都用以比喻君子，具有特立獨行、不與世俗同流的象徵。寒冬臘月，萬物齊黯，水陸草木皆謝，百花凋殘，唯獨梅花不畏凌寒，吐露芬芳，天氣越寒冷，花開得越燦爛。「牆角」表示偏僻、不為人留意的地方。不似春天百花爭艷，千紅競秀，萬紫齊發，在繁華喧鬧的簇擁下展現各自的風姿。梅花選擇在幽僻的場景吐露自己的精華，低調、自斂，毫不誇張，毫不嘩眾取寵。但這種樸實與低調也不會掩蓋與生俱來的芬芳。花的馨香象徵君子的名聲，這梅花的香正幽幽地暗自傳來。即使距離遙遠，身家清白如雪，只要有才有德，再低調也會為人所辨識。

　　這首詩是王安石的自況之作。當時他在多方的反對與攻擊下，黯然離開政壇，再也沒有復出，過了幾年也與世長辭了。對比王安石第一次罷相後復出時寫的〈泊船瓜洲〉，〈梅花〉一詩顯得孤僻冷峻，且遺世獨立。雖經千般的指責與批評，他仍然堅持自己改革變法的理想。當然，往年的樂觀情緒已經一掃而盡了。

　　宋神宗熙寧八年（1075年）二月，王安石第一次罷相後復出。一方面帶着欣喜的心情，希望能在政壇上再發揮影響力，把新法推行得更好，但又因經歷過第一次罷相，深知政途黑暗，將再面對新一輪的政爭與攻擊，心情也有點猶豫，因而眷戀家鄉的隱居生活。在上京途中，他寫下了〈泊船瓜洲〉一詩，表達了這種矛盾的心情。詩云：「京口瓜洲一水間，鍾山只隔數重山。春風又綠江南岸，明月何時照我還？」

　　王安石第一次罷相時隱居於江寧鍾山，江寧即是現今的南京，鍾山即是紫金山。他的祖籍雖是江西臨川，但自幼隨父王益移居江寧，早已把此地視為故鄉。此時，他應神宗皇帝之詔復出再次主持變法。他乘舟經京口過瓜洲，看見一片春天的氣息。京口即現在的鎮江市，瓜洲則在一水之隔的對面。首句既表達了航程的快速，也透露出其輕鬆而帶點興奮的心情。此情此景，春風拂面，大地回春，綠遍江南，生機盎然，一切美好的事物好像都即將發生。這也正表達了王安石對重新復出、再次施展抱負的期待心情。但是往昔的政途經歷也給他警示，一切未必如想像中美好，政治上的惡鬥仍然使人畏懼。所以，在瓜洲泊船之時，他也不忘隔了數重山後便是鍾山，那是他逃避

政爭、隱居靜養的家鄉。望着天上的明月，心中也頓起遲疑之情，這一去是吉是凶？明月何時又會陪伴自己重回家鄉？

洪邁《容齋續筆》有一段記載，話說吳中有士人家中藏有〈泊船瓜洲〉的詩稿。「又綠江南岸」一句原為「又到江南岸」，但圈去「到」字，並注「不好」，後又改為「過」、「入」、「滿」等十幾個字，最後改為「綠」字始定稿。「綠」字以形容詞而作動詞用，顯示出「春風」的作用，也使詩句活起來，可見王安石用字的精練。此一改，也成為了中國文學史上繼唐代賈島「僧敲月下門」一「敲」字後的另一佳話。

王安石變法在中國歷史上是一件重要的事件。他面對北宋積貧積弱的困局提出變法。吸收了范仲淹「慶曆變法」失敗的教訓，改「節流」的改革方向為「開源」，提出「因天下之力，以生天下之財。取天下之財，以供天下之費」。但變法破壞了舊有的秩序，引起了以司馬光為首的守舊大臣的反對。王安石斥退反對派，並起用新人。可惜所用新人有不少急功好利，品行不良。他們藉變法謀取私利，貪污舞弊，使新法未能有效推行，引來守舊派更大的抨擊。王安石為人執拗，連合理的批評也難以接受，曾言「天變不足畏，祖宗不足法，人言不足卹」。

歷史上對王安石的評價毀譽參半。明代馮夢龍的《警世通言》有〈拗相公飲恨半山堂〉一文，視王安石為奸臣，指其執拗的性格導致了北宋的滅亡。文末有詩云：「熙寧新法諫書多，執拗行私奈爾何。不是此番元氣耗，虜軍豈得渡黃河？」近代學者梁啟超撰有《王安石傳》，則極力稱讚王安石的品德和推行變法的功業。

以〈梅花〉一詩為例，正面可視為堅持及特立獨行，負面則為過於執拗，多少也能顯示王安石的獨特性格。

〈木蘭辭〉與不同時代的木蘭故事

　　〈木蘭辭〉是木蘭故事的原始版本，現今流行的版本見於北宋郭茂倩的《樂府詩集》。在郭氏的著作中有一段題注：「古今樂錄曰木蘭不知名浙江西道觀察使兼御史中丞韋元甫續附入」。由於古代沒有標點符號，引文也頗為隱晦，所以出現歧議，導致故事、原詩出現年代的爭議至今不息。據考證，《古今樂錄》為南朝陳人僧智匠所著，如果此書已錄〈木蘭辭〉，則年代可推至南北朝。但文中又曰「韋元甫續附入」，韋為中唐人，也創作了一首〈木蘭詩〉，並與〈木蘭辭〉同錄於《樂府詩集》。而更重要的是郭茂倩沒有指明〈木蘭辭〉輯錄自《古今樂錄》。所以木蘭其人、其事、其詩的年代至今仍難斷定。歷來有漢代説、北魏説、隋唐説等，莫衷一是。

　　〈木蘭辭〉於中唐以前已經出現是沒有問題的。南宋曾慥《類説》中輯有唐開元年間吳兢《古樂府》中的佚文有〈木蘭促織〉一詩，內容與現今的〈木蘭辭〉幾乎相同，只是文字較粗糙，例如：「促織何唧唧」、「問女何所憶，女亦無所憶，昨夜見兵帖」、「兵書十二卷，卷中有爺名。我爺無大兒」等。另外，

杜甫〈兵車行〉「爺娘妻子走相送」之下自注云:「古樂府云:『不聞爺娘哭子聲,但聞黃河之水流濺濺』」,句子與「不聞爺娘喚女聲,但聞黃河流水聲濺濺」相近。

　　明代安磐《頤山詩話》指〈木蘭辭〉為唐人所作,因「萬里赴戎機,關山度若飛。朔氣傳金柝,寒光照鐵衣。將軍百戰死,壯士十年歸」句明顯是唐人風格。甚至「可汗」一詞也為唐代番國天子之稱。但〈木蘭辭〉為樂府詩,行文通俗易明。在民間流傳的過程中,眾口傳誦,發生集體創作、集體修改是可能的。例如北朝民歌〈折楊柳枝歌〉有句:「敕敕何力力,女子臨窗織。不聞機杼聲,只聞女嘆息。問女何所思,問女何所憶。」這與〈木蘭辭〉前部分幾乎一樣,也可證〈木蘭辭〉創作於北朝。而「萬里赴戎機」等句則可能在傳誦過程中,由唐代文人加以修飾。另外,清代李慈銘《越縵堂詩話》認為:「詩中所云,可汗者,突厥啟民可汗也;天子者,隋煬帝也。」不過,明代謝榛撰《詩家直說》引《滄浪詩話》等,列舉北魏太武帝時柔然王已稱可汗,證〈木蘭辭〉應為北魏時的作品。

　　木蘭故事在唐宋均以詩歌或詩話的形式流傳。故事內容與〈木蘭辭〉差不多,但開始增加了道德教化的色彩。其中同樣收錄於《樂府詩集》,韋元甫的〈木蘭詩〉是典型之作。前詩交代了木蘭代父從軍的原因是「可汗大點兵」,軍書上「卷卷有爺名」,而「阿爺無大兒,木蘭無長兄」,所以木蘭便義無反顧地出征。至於父親是否年老體弱,木蘭有沒有考慮軍旅的艱難生活,詩中並沒有提及。但韋元甫詩則指出父親「氣力日衰耗」,木蘭在決定代父從軍前也知道「胡沙沒馬足,朔風裂人膚」的

軍旅生活，這樣更突出了木蘭的孝道。另外，前詩中木蘭將要
面對的是哪一類性質的戰爭？是抵禦外敵？擴充疆土？還是內
戰？詩中沒有交代。木蘭只是因父親被徵召，出於對父親自然
的關懷而代父從軍，是否為了報效國家、忠於君主，詩中並沒
有交代。但韋詩末段則曰：「世有臣子心，能如木蘭節，忠孝兩
不渝，千古之名焉可滅！」把木蘭代父從軍的性質由原本自然的
孝親感情提升到「忠孝」的道德高度，木蘭故事也從此成為道德
教化的典範。在前詩中，「阿爺無大兒，木蘭無長兄」，木蘭因
而代父從軍，並沒有提及生男比生女好的觀念，也沒有任何男
女平等的意識。在韋詩中則言「親戚持酒賀，父母始知生女與
男同」，暗示了木蘭父母可能一直為生女而感到自卑，直至木蘭
從軍，建功立業回來，才掃去了這自卑的烏氣，在親戚面前吐
氣揚眉。那些「忠孝」、男女不平等的觀念在前詩是沒有的，但
在韋詩中就逐漸出現，並影響了日後故事的發展。

　　故事發展到元代又有一變，重要標誌是侯有造的〈孝烈將
軍祠像辨正記〉。這是元統二年（1334年）立於虞城木蘭廟內石
碑上的碑文。文中指木蘭姓「魏」，是隋朝人，並說木蘭代父
從軍後皇帝欲納她為後宮，木蘭自殺相拒，皇帝追贈她為孝烈
將軍。此文除了增加情節外，重點是把木蘭的道德偶像推至高
峰。特別突出了她的孝德與高尚的貞烈節操。文曰：「歷代女
子，凡立名節與天地間，名不死者，無此開世超異之才，必無
此出類拔萃操烈，必不能建不世出戰敵之功，而享廟食無窮者
也。」在此，木蘭已不再是一人家的女兒，也不再只是文學作品
中的人物，而是具有影響力的民間道德偶像。

明代以前木蘭故事大多以詩文形式傳播，由於文體的局限，很多生活的細節未能呈現。而徐渭的雜劇《四聲猿·雌木蘭替父從軍》就發揮了文體的優勢，對故事內容大為擴充，並影響了後代對木蘭故事的認識。徐渭定木蘭姓「花」，父親名「花弧」，並增加了未婚夫「王生」一角。而木蘭出征要對付的是黑山賊豹子皮所領導的叛黨，並最終消滅敵人立功回朝，嫁給王生，大團圓結局。此劇也增加了對家庭生活的描寫，例如木蘭出身於一軍官家庭，父親花弧是退休的千戶長，屬小康之家。雖然劇中時代定為北魏，但人物習慣、官職、語言等均有明代特色，中間也有對纏足的關注。此劇是木蘭故事走向通俗文學的關鍵性作品，直接影響到清代及以後的故事創作。

清代張紹賢的章回小說《北魏奇史閨孝烈傳》增加了敵方公主盧玩花看中女扮男裝的木蘭，要和她結婚，而木蘭則將計就計，並消滅了黑山賊，二人最後同嫁王青雲。這是最早以木蘭為主角的長篇小說。而清代禮恭親王永恩所撰的傳奇劇目《雙兔記》也繼承了《雌木蘭》的故事，加重王生的戲分，將木蘭與王生的婚約提前到從軍之前，並增加了女性建功立業的豪情。

踏入近現代，電影誕生，木蘭故事也很快搬上銀幕。1927年，天一公司出品的故事片《木蘭從軍》是首部。1939年，抗日戰爭，上海處於「孤島時期」。在電影公司老闆張善琨的策劃下，出品了電影《木蘭從軍》。此電影由卜萬蒼導演，歐陽予倩編劇，在上海租界連映85天，創下當時電影票房紀錄。不過值得注意的是該電影的大受歡迎與當時的抗戰背景似乎關係不大。反而是策劃人借鑑美國荷里活的營銷手法，再配合當時

租界的自由經濟政策及居民的生活態度而促成的。當時重金禮聘香港的女演員陳雲裳擔任主角，而男主角則由當時正紅的小生梅熹擔當。同時，又在影院旁邊建了一座五六層樓高的廣告牌，每晚廣告牌燈火通明，吸引很多人拍照。這在當時是新穎的市場策劃手法，因而贏得了票房。劇中受到「五四運動」自由戀愛思想的影響，一改以往木蘭婚姻由家庭安排的情節，其他故事內容則未具有甚麼特點。反而歐陽予倩同年創作的桂劇《木蘭從軍》，表現出萬眾同心抗日救國的訊息，則反映了時代氣氛。

木蘭故事作為政治宣傳的典型，可以常香玉的豫劇《花木蘭》為代表。1950年韓戰爆發，常香玉以該劇進行巡迴義演，奔跑全國籌款以資助抗美援朝戰爭，並捐獻了戰鬥機「常香玉號」，成為愛國主義樣板。此劇由常的丈夫陳憲章和劇作家王景中根據馬少波的京劇《木蘭從軍》改編而成，突出了國家興亡與家庭禍福的緊密相連。其中一段：「為國家報效，恨敵人侵中華、怒衝霄，整頓貔貅奮勇，人人如虎生翼，逞英豪。旗幡耀日，勇士們齊放連珠炮。」表現了保家衛國人人有責的精神，回應了志願軍保衛國土的光榮任務。其中一句「誰說女子不如男」，呼喊出女子也可為國犧牲的精神。但是常香玉的《花木蘭》一時轟動，背後有賴於黨國機器的宣傳和各級黨組的大力支持。通過《人民日報》專題報道，並由各地政府互相配合。1953年，當局安排常香玉到朝鮮戰場慰問志願軍，奠定其「愛國藝人」的地位。

木蘭故事走進國際的先聲，可數美國華裔作家湯亭亭於1976年寫的自傳體小說《女勇士》(The Woman Warrior)。此書

第二章「白虎山學道」，作者想像自己是木蘭，自幼往白虎山學道十五年，下山後代父從軍，加入農民起義軍並最終建立新王朝，後來回鄉恢復女兒身，過着平凡的生活。故事中時空交錯，境界迷幻，中國功夫與西方巫術混雜在一起。此書雖在美國頗為知名，但在木蘭故鄉的中國則寂寂無聞。

　　韋元甫〈木蘭詩〉後，「忠孝」一直是歷代木蘭故事的主題。事實上，這也是中國傳統文化的重要綱目。但是一旦走進國際，這種特有的主題如何讓國際觀眾接受呢？1998年，迪士尼製作的動畫片《花木蘭》(Mulan)令木蘭故事走進國際，但完成這一任務的是美國人。迪士尼公司製作《花木蘭》，目的並不是要推廣中國文化，而是站在商業的角度，把利潤極大化。像「忠孝」這種中國人才明白的東西，只會阻礙其他國家觀眾的購票欲。因此，故事的主題只能修訂。美國推崇小人物經過奮鬥取得成功，完成個人的價值實現，這也是世界各地的觀眾所喜聞樂見的主題。劇中木蘭的一句對白：「也許我這麼做（代父從軍）並不是為了爹爹，而只是想證明我自己有本事。」就是本劇的主題。故事講述木蘭相親失敗，後來代父從軍，在軍隊中表現出色，並以炸藥炸崩雪山大敗匈奴。其後女性身分被揭露，因而遭軍隊遺棄。但她仍堅持下去，最終以女性的真實身分擊敗匈奴，建立功勳，得到皇帝的敬重，也得到男主角李翔的愛情。這種情節去除了中國傳統的演繹。其景物的佈置，帶出的是東方的神秘而非中國本色。木蘭的外表「柳葉眉、瓜子臉、小眼睛、櫻桃小嘴，每雙眼睛斜翹45度」是美國人眼中的中國美女，而不合中國人口味。「木蘭」只是外殼，內裏並不是中國的東西。

思鄉情切的晁衡大難不死

「日本晁卿辭帝都，征帆一片繞蓬壺。明月不歸沉碧海，白雲愁色滿蒼梧。」

這是唐代詩人李白聽聞好友晁衡遭遇海難，哀悼友人的詩，題為〈哭晁卿衡〉。

晁衡原名阿倍仲麻呂。朝臣姓，阿倍氏，名仲麿，又作阿部仲滿。《舊唐書》載：「朝臣仲滿，慕中國之風，因留不去，改姓名為朝衡」；《新唐書》則言：「朝臣仲滿慕華不肯去，易姓名曰朝衡」；而《全唐詩》載「易姓名曰朝衡，歷左補闕」。「朝」、「晁」同音，因而稱為晁衡，字巨卿。

日本文武天皇二年（698年），晁衡出生於奈良。父親阿倍船守，據說乃孝元天皇之後，任職中務大輔。晁衡自幼聰明好學，才華橫溢。唐開元五年（717年），十九歲的他獲選為遣唐留學生，與日後成為日本右大臣的吉備真備等人同行。這是日本第九次遣唐使團。船隊從日本難波港出發，西渡東海，在明州登陸。

到了長安，晁衡寒窗苦讀，其後參加科舉考試，並高中進

士，在唐朝當官。開元十三年（725年），任洛陽司經校書，負責典籍整理，後任左拾遺、左補闕等職。由於他詩文俱佳，得到唐玄宗賞識，被任命為秘書監，常在宮中侍奉玄宗，兼衛尉卿等職。

天寶十二年（753年）十月，晁衡因思念故國，以唐朝使者身分隨第十一次遣唐使團返回日本，途中遇暴風。一年後的三月，李白仍未收到晁衡的音訊，估計他可能已葬身大海，在悲痛之下寫了〈哭晁卿衡〉一詩。首句交代晁衡離開帝都長安前往日本，然後想像他孤帆一片繞過東方的仙山蓬萊。怎知品格高尚、好比天上明月的晁衡卻遭遇風暴沉於浩瀚碧海之中不能再歸來。這個晴天霹靂的噩耗，就像厚重的白色愁雲，籠罩了海上的蒼梧山。全詩交代簡潔清楚，比喻形象化，表達出對晁衡遭遇海難的悲愁與痛惜。

晁衡離開長安往日本之前，已在唐朝居住了三十七年。當他決定回鄉後，友人紛紛與他餞別。唐玄宗、王維、包佶等人更作詩贈別，表達對他的深摯情誼。其中王維的〈送秘書晁監還日本國〉一詩更是千古傳誦：「積水不可極，安知滄海東。九州何處遠，萬里若乘空。向國唯看日，歸帆但信風。鰲身映天黑，魚眼射波紅。鄉樹扶桑外，主人孤島中。別離方異域，音信若為通。」

這是一首五言排律，被選入《全唐詩》第127卷第17首。首四句極言日本之遠：海水無窮無盡，大海沒有涯涘。晁衡的故鄉在滄海之東，是一處很少人能了解的地方。此處距離中國十分遙遠，相隔萬里，就像乘風飛上天空那樣難以到達。五至八

句寫旅途之險：要前往日本便須一直向着東方的太陽，也祈求有信風才能一帆風順。但此海路凶險萬分，就像隨時有巨大的鰲魚出現，可以遮蔽天日，使大地黑暗；又有怪異的魚類，眼中射出紅光，使大海波濤一片染紅。最後四句指出日後通訊之難：扶桑在海之東，友人的故鄉又在扶桑之外，那是一處遠方的孤島，是與中土互相隔絕的異域，日後要互通音信着實不容易。

古代科技不發達，交通不方便。由中土渡海到日本是一項極度艱難的事情。從王維的詩中便可感受到那與友人的道別帶着生死未卜的恐懼。而在海中遇難死亡也絕對是常事，所以李白在一年後接到晁衡遭遇海難的消息，也信其必定凶多吉少。但更具戲劇性的是，在那次海難中晁衡竟然大難不死。船雖被暴風吹至殘破，卻漂流至越南海岸。幾經艱辛，晁衡竟能重返長安。及後不久，唐代爆發「安史之亂」，道路更加凶險，晁衡也只好打消歸鄉的念頭。不過，他的思鄉之情並沒有減退，時常唱和歌以抒發感情，其中一首的漢譯如下：「翹首望東天，神馳奈良邊，三笠山頂上，思又皎月圓。」他在唐朝歷仕玄宗、肅宗、代宗三朝，於大曆五年（770年）卒於長安，在華生活長達五十三年。

「遣唐使」是日本繼「遣隋使」後，定期派使節到中土學習唐文化及佛教文化的使團。使團通常由一位「大使」帶領，下設「副使」。有時更設有「押使」一職，地位高於「大使」。使團包括留學生及僧人。據統計，日本派遣隋使共有5次，而遣唐使則多達20次，不過由於通訊缺誤、途中遇難、政治動亂等突發

事件，實際成行的有12次。

隋唐是中國歷史上國力最鼎盛的時期。承接魏晉南北朝以來民族大融和、文化兼容並包、思想開放的風氣，開創了著名的「隋唐盛世」。隋唐時期兼容與開放的胸襟吸引了日本、朝鮮半島諸國、東南亞、中亞、西亞，乃至歐洲諸國的人民前來經商、求學、文化交流和定居。大量異邦學子通過科舉考試，進入隋唐官場，或把隋唐文化帶回本國，促進了人類文明的進步。阿倍仲麻呂的個案正是其中一個典型。

「月上柳梢頭，人約黃昏後」
——唐宋元夕詩詞

> 去年元夜時，花市燈如畫。
> 月上柳梢頭，人約黃昏後。
> 今年元夜時，月與燈依舊。
> 不見去年人，淚溼春衫袖。

　　這是歐陽修著名的〈山查子‧元夕〉。去年元夜，相約佳人賞燈談情。如今又是元夜，燈月依舊，佳人何處？獨留淚人！真有「人面不知何處去，桃花依舊笑春風」之嘆。

　　有一說此詞為南宋女詞人朱淑真之作。明代楊慎批評：「詞則佳矣，豈良人家婦所宜邪？」直指朱淑真不守婦道，竟寫出如此露骨的艷詞。南宋初年，曾慥編《樂府雅詞》，在序中說：「歐公一代儒宗，風流自命，詞章玄纏，世所矜式。當時小人或作艷曲，謬為公詞，今悉刪除。」歐陽修曾在朝為相，道德文章向為人景仰，堪稱一代儒者，但就不會作艷詞嗎？曾慥雖認為有小人作「艷曲」陷歐陽修於不義，並為他刪去，但此詞收錄於

《樂府雅詞》內，曾慥更標示作者為歐陽修。所謂「詩莊詞媚」，作為古文大家的歐陽修，詩文如何載道明道，詞還是可以婉媚的。楊慎可能罵錯人，而且顯得古板無趣。

農曆正月十五是元宵節，也稱上元節或元夕，是中國傳統的狂歡節。古代青年男女在這節日以賞月觀燈為名結識異性，故現代人稱之為「中國情人節」。唐初蘇味道的〈正月十五夜〉：

> 火樹銀花合，星橋鐵鎖開。
> 暗塵隨馬去，明月逐人來。
> 遊妓皆穠李，行歌盡落梅。
> 金吾不禁夜，玉漏莫相催。

在這一夜，火樹銀花，燈光璀璨。城門前跨過護城河的橋也開了鎖，遊人如潮，追逐着月亮。有的騎馬走過，塵土暗揚。歌妓們濃妝艷抹，結伴而遊，更唱起〈梅花落〉。今晚負責京城治安的執金吾下令取消宵禁，眾人已準備通宵達旦狂歡，請報時的銅壺滴漏不要催趕人們回家。

張蕭遠的〈觀燈〉也描述了這夜的盛況：

> 十萬人家火燭光，門門開處見紅妝。
> 歌鐘喧夜更漏暗，羅綺滿街塵土香。
> 星宿別從天畔出，蓮花不向水中芳。
> 寶釵驟馬多遺落，依舊明朝在路旁。

是夜萬家燈火，女士們皆化好紅妝，抹上香水，身披羅綺。大街小巷皆是結伴夜遊的民眾。歌樂的喧鬧聲徹夜迴蕩，

使報時的滴漏聲也顯得微弱。放光的燈籠有如天上的星宿，萬里鋪開，直至天邊。元宵特有的紅蓮燈不在水中開放，而是隨處可見。仕女們騎馬遊玩，樂而忘形，頭上的寶釵掉在路旁也沒有發覺，直至天明仍在原處。

據劉肅的《大唐新語》對唐中宗神龍年間長安城元宵夜的描述，是夜「盛飾燈影之會，金吾弛禁，特許夜行」。無論是貴族戚屬還是下隸工賈，無不外出夜遊。路上車馬喧闐，人不得顧。而《舊唐書》則有一段有趣的記載：景龍四年上元夜，「放宮女數千人看燈，因此多有亡逸者」。在這宵禁暫停，禮教暫撤的元夜，女士們暫免「三步不出閨門」的禁錮，以賞月觀燈為名放縱狂歡，借機結識異性，追求個人幸福。宮女們竟藉此逃逸宮禁，找尋自由。

不少愛情故事就是在元夕這天發生的。例如流行於泉州、潮州一帶的戲曲《荔鏡記》，主角陳三、五娘便是在此夜結緣，雖經多番考驗，有情人終成眷屬。又如《蕙畝拾英集》記載張生在元宵夜路過慈孝寺，結識一太尉的偏室李氏娘，最後二人私奔，追求幸福。呂渭老〈驀山溪〉詞云：「元宵燈火，月淡遊人可。攜手步長廊，又說道、傾心向我。」在朦朧的月色之下，燈火明滅，是傾吐綿綿情話的最佳時節。《宣和遺事》載年輕男女「肩兒廝挨，手兒廝把」，僅在端門一處「少也是有五千來對」。

晁沖之〈傳言玉女〉：「一夜東風，吹散柳梢殘雪。御樓煙暖，正鰲山對結。簫鼓向晚，鳳輦初歸宮闕。千門燈火，九街風月。　繡閣人人，乍嬉游、困又歇。笑勻妝面，把朱簾半揭。嬌波向人，手捻玉梅低說。相逢常是，上元時節。」初春已

至，東風把柳梢上的殘雪吹散，天氣稍有暖意。元宵花燈結成鰲山，一夜簫聲鼓動，燈火璀璨。仕女們乘車遊街觀燈，靚妝笑面，嬌波向人，捻着梅枝低頭説：常是在上元佳節相逢。這正道出了元夕佳期與如意郎君相會的期盼。

元宵夜或許就是一年之中女士們唯一可自由夜出結識男伴的機會，所以在這一晚無不靚妝盛服以吸引路人眼光。《武林舊事》載宋人元夕觀燈：「婦人皆戴珠翠、鬧蛾、玉梅、雲柳、菩提葉、燈毬、銷金合、蟬貉袖、項帕，而衣多尚白，蓋月下所宜也。」周邦彥〈解語花‧上元〉有「衣裳淡雅。看楚女、纖腰一把」句。唐代女性喜濃妝艷抹，宋代雖也盛裝，但「衣多尚白」，以淡雅映襯月色與五光十色的花燈，更顯嬌態韻味。

賀鑄的〈薄倖〉一詞把結識、幽會、相思這愛情三部曲細緻地繪畫出來：「淡妝多態，更的的、頻回眄睞。便認得琴心先許，與綰合歡雙帶。記畫堂、風月逢迎、輕顰淺笑嬌無奈。向睡鴨爐邊，翔鴛屏裏，羞把香羅偷解。　自過了、燒燈後，都不見踏青挑菜。幾回憑雙燕，丁寧深意，往來卻恨重簾礙。約何時再，正春濃酒困，人閒晝永無聊賴。厭厭睡起，猶有花梢日在。」詞人與淡雅多姿的女子結識，深深愛慕，並在畫堂幽會。元夕過後，不再尋見她的蹤影，希望能託雙燕傳信，但終沒有消息。不知佳期密約何時再來，詞人只能以酒麻醉自己，以忘相思之苦。這種思念之情正與〈山查子‧元夕〉一詞有異曲同工之妙。

元宵節起於何時？有一種説法稱起於漢武帝之時。據《史記‧樂書》載：「漢家常以正月上辛祠太一甘泉，以昏時夜祠，

到明而終。常有流星經於祠壇上。使僮男僮女七十人俱歌。」這
便是元宵始於漢代祭祀太一的依據。但文中所指日期為「正月
上辛」，「辛」在天干中排第八，一個月三十天左右，共有上中下
三「辛」，「正月上辛」即是八號左右，而非十五。所以難以判斷
漢家祭太一是元宵節的起源。

　　根據學者李傳軍的考證，「元宵節觀燈是中國固有節日習俗
與西域佛教社會習俗結合的產物」。而形成時期大概在南北朝
與隋唐時期，最終在唐代完成。也有說道教把一年分上元、中
元、下元三節，正月十五元宵節也稱「上元節」，因此這是道教
的節日。但從隋唐所留下的詩文，大多與燃燈禮佛有關。例如
隋煬帝的〈正月十五日於通衢建燈夜升南樓〉：「法輪天上轉，梵
聲天上來。燈樹千光照，華焰七枝開。月影凝流水，春風含夜
梅。幡動黃金地，鐘發琉璃台。」又例如唐人崔液〈上元夜六首〉
其二：「神燈佛火百輪張，刻像圖形七寶裝。影裏如聞金口說，
空中似散玉毫光。」都是燃燈禮佛的描述。

　　正月十五是元宵節正日。自唐天寶三年，唐玄宗下詔，把
燃燈節與長安開坊市門活動結合，並指定十四、十五及十六日
三天慶祝，「永以為常式」。到了北宋乾德五年，宋太祖趙匡胤
認為當時天下太平，物阜豐登，應該多加兩天慶祝。於是汴京
就有了從正月十四到十八的「五夜元宵」。

　　元宵節慶發展到北宋已臻鼎盛。《宋史·禮志》載：「上元
前後各一日，城中張燈，大內正門結綵為山樓影燈，起露台，
教坊陳百戲。」《東京夢華錄·元宵》描述：「遊人已集御街兩廊
下，奇術異能，歌舞百戲，鱗鱗相切，樂聲嘈雜十餘里。擊丸

蹴鞠，踏索上竿……更有猴呈百戲，魚跳刀門，使喚蜂蝶，追呼螻蟻。」《夢粱錄‧元宵》載宣和年間，宋徽宗上宣德樓觀燈。其中有牌寫着「宣和與民同樂」，百姓見到皇帝，皆稱萬歲。

「靖康之難」後北宋滅亡，國家陷於戰亂之中，當然沒有財力，官方與民間也沒有興致大事鋪張慶祝元宵。直至南宋紹興十五年，樂禁初開，元宵節慶又再於新首都杭州重現。何澹的〈滿江紅〉記錄了這一場景：「樂禁初開，平地聳，海山清絕。千里內，歡聲和氣，可融霜雪。盛事總將椽筆記，新歌翻入梨園拍。道古來，南國做元宵，今宵別。　燈萬碗，花千結。星斗上，天浮月。向玉繩低處，笙簫高發。人物盡誇長樂郡，兒童爭慶燒燈節。疑此身，清夢到華胥，朝金闕。」真是笙歌喧鬧，萬燈爭輝，一派繁華氣象。

元宵節應是燈火競放、遊人如鯽、男女尋歡、笙簫鼓動、極盡繁華的狂歡之夜。但對於經歷國破夫亡、再婚又離婚、孤單隻影、漂泊異鄉、年老無依的李清照來說，面對這一元夕，早已洗盡沿華，心境不再一樣。她的〈永遇樂‧落日熔金〉：「落日熔金，暮雲合璧，人在何處。染柳煙濃，吹梅笛怨，春意知幾許。元宵佳節，融和天氣，次第豈無風雨。來相召、香車寶馬，謝他酒朋詩侶。　中州盛日，閨門多暇，記得偏重三五。鋪翠冠兒，捻金雪柳，簇帶爭濟楚。如今憔悴，風鬟霜鬢，怕見夜間出去。不如向、簾兒底下，聽人笑語。」景物如何美好，心境只覺憔悴悲戚。往昔如何重視這正月十五的盛夜，如今即使有酒朋詩侶邀請，也無意再外出了。往昔的青春，對比如今的風鬟霜鬢；往昔的歡愉，對比如今的寂寞孤獨；眼前的盛

景，對比內心的哀愁。一切美好事物已不再屬於自己，不如走到繁華的暗角，靜聽他人的笑語。詞情之悲，能不使人心有戚戚焉！

辛棄疾的〈青玉案·元夕〉：「東風夜放花千樹，更吹落、星如雨。寶馬雕車香滿路，鳳簫聲動，玉壺光轉，一夜魚龍舞。」極度描寫了元夜的華麗喧鬧。「蛾兒雪柳黃金縷，笑語盈盈暗香去」，又描摹仕女們的盛裝與歡愉。但這些濃妝重彩只不過是一種鋪墊，在熠熠生輝的背景下，「眾裏尋他千百度，驀然回首，那人卻在、燈火闌珊處。」這才是主角。「那人」到底是詞人所追求的超凡脫俗的女子？還是在「暖風熏得遊人醉，直把杭州當汴州」的歷史情境下，心繫家國，不忘抗金的自己呢？

王國維《人間詞話》：「古今之成大事業、大學問者，必經過三種之境界：『昨夜西風凋碧樹，獨上高樓，望斷天涯路』，此第一境也。『衣帶漸寬終不悔，為伊消得人憔悴』，此第二境也。『眾裏尋他千百度，回頭驀見，那人正在燈火闌珊處』，此第三境也。此等語皆非大詞人不能道。然遽以此意解釋諸詞，恐晏、歐諸公所不許也。」董仲舒說：「《詩》無達詁，《易》無達占，《春秋》無達辭。」或許留白更有思考空間。

第四章

跟柳宗元去行山

柳宗元的〈愚溪詩序〉

　　遇到不如意的事而大發牢騷，是人的天性，不足為怪。細心研讀古人的詩文就會發現，大部分千古傳誦的名篇，其實都是作者發牢騷的結果。據聞屈原的名篇〈離騷〉，其實就是「牢騷」的意思，這篇偉大的楚辭，其實通篇都是屈原所發的牢騷。歐陽修在〈梅聖俞詩集序〉中就指出「世謂詩人少達而多窮」。那麼是不是詩人都會際遇不佳呢？因為很多著名的作品「多出於古窮人之辭」。但他進一步說：「然則非詩之能窮人，殆窮者而後工也。」原來真相是際遇不佳，發牢騷多了，所以「勤有功」，使牢騷越見精妙，發牢騷的人因而成為出色的作家。

　　那麼人要多倒楣，才能達至「窮而後工」，最終成為出色的文學家呢？不妨拿柳宗元來談談。柳宗元與韓愈並稱，同為「唐宋古文八大家」之領軍人物。他的「永州八記」固為名篇，而〈愚溪詩序〉一文則更有自嘲諷味，在典雅的文辭中既道出自己的倒楣，又取笑自己不識時務的愚笨；既道出內心的不憤，又肯定自我的價值。

　　據《新唐書·柳宗元傳》記載：「宗元少精敏絕倫，為文章

卓偉精緻，一時輩行推仰。」他年紀輕輕便登進士第，並考獲甚艱難的博學宏辭科。二十多歲當上中央官職。貞元十九年，得唐順宗寵臣王叔文賞識，「引內禁近，與計事，擢禮部員外郎，欲大進用」。當時王叔文欲進行政治改革，劉禹錫、柳宗元等人參與其中。可惜改革得罪權貴和宦官，最終事敗，順宗皇帝被軟禁，王叔文被殺，而支持改革的大臣皆被貶官。柳宗元初被貶邵州為刺史，半途再貶至土地荒蕪、多瘴癘的永州為司馬。終其一生，柳宗元再沒有機會到中央任職，並以四十七歲之齡於柳州刺史任上去世。《新唐書》指出他的經歷與文章的關係：「因自放山澤間，其堙厄感鬱，一寓諸文，仿〈離騷〉數十篇，讀者咸悲惻。」可見他是「窮而後工」的典型。

〈愚溪詩序〉先交代自己「以愚觸罪」，被貶永州。他在向東流入瀟水的一條溪上，選擇了一段風景最美的地方住下來。他把居所一帶的地方逐一命名，除了稱這溪為「愚溪」外，還有「愚丘」、「愚泉」、「愚溝」、「愚池」、「愚堂」、「愚亭」和「愚島」。全部都是因為作者這個愚笨的人住在這裏，所有景物皆被侮辱性地冠以「愚」字。但是水為智者所樂，不可能是「愚」，只為作者的緣故，未免有點無辜。但作者指出，這條溪既不能用來灌溉，大舟也不能入，蛟龍也不屑在這裏興雲雨，對世人一點用處也沒有。認為此溪和他一樣，都是沒有用處的東西，以「愚」辱它，是恰當的。

然後，作者提出兩種「愚」，一是甯武子的「邦無道則愚」，但這不是真正的愚笨，只是政治黑暗，邦國無道，智者不能得到重用，才能無所發揮，只能以「愚者」的態度處世；二是顏淵

的「終日不違如愚」，這也不是真愚，而是契合老師的說法，因而不會提出不同的見解。柳宗元說，像他這樣在政治清明的時代，卻做了一些「有悖常理」的事情，才是真正愚蠢的人。所以，他才是天下間名正言順的「蠢材」，因此，也只有他才有專利以「愚」來命名這溪。

最後，柳宗元指出，這溪雖對世人沒有甚麼用處，但水質清澈，水聲清脆，能使愚笨的人歡喜快樂，愛慕眷戀而不忍離去。而像他這種不能迎合世俗口味的人，能以文章來安慰自己，洗滌萬物，展現世間百態，萬象也不能逃出他的筆墨。他用愚笨的言辭歌頌愚溪，在冥冥中沒有違悖常理，在超越俗世的玄虛寂靜之中，都歸於統一，在寂寥之中，又有誰能理解他呢？

柳宗元在〈寄許京兆孟容書〉中自我剖白，說自己當年參與政治改革是「年少氣銳，不識幾微，不知當否，但欲一心直遂，果陷刑法，皆自所求取，又何怪也？」既然事情已經做了，只能嘆自己「愚笨」，也沒有可推卸的了。他深信「賢者不得志於今，必取貴於後，古之著書者皆是也」。而事實上也如此，終其一生，他在官場上再沒有甚麼顯達的機會，但因這際遇的不順而發出的牢騷，卻以文辭的形式，成為千古之絕唱，後人皆知他是文學家柳宗元。

説西山宴遊的「始得」

　　柳宗元〈始得西山宴遊記〉一文的重點在「始得」二字。這個「始得」不單在於他在元和四年（809年）始發現奇特的西山，最關鍵的是他終於找到人生的新方向。從「恆惴慄」的憂懼陰影中走出來，感悟人生更深層的意義，顯示他走進另一境界，「心凝形釋，與萬化冥合」是最後的覺悟。覺今是而昨非，不再囿於「為僇人」的悲愁，傾注於文學創作，尋求新的自我價值。〈始得〉是第一篇，其後陸續完成了七篇，成為千古傳誦的「永州八記」。

　　柳宗元參與王叔文主持的「永貞革新」，觸動權貴利益，最終失敗。王叔文被貶後再處死，其他人或憂懼而死，或流放蠻荒。柳宗元被貶至「地極三湘，俗參百越，左衽居椎髻之半」的永州。他當時帶同母親及其他子姪到任閒職，生活極不適應。不久母親病死，自己又屢獲重病。他在〈寄許京兆孟容書〉中說：「抱非常之罪，居夷獠之鄉，卑濕昏霧，恐一日填委溝壑。」生活艱難困苦，死病交煎。他曾多次致信朝中好友，望能有所救援，但終成泡影。

在這惡劣的環境下，他只能寄情於山水之中，望能排遣恐懼不安的心情。〈始得〉首段正是交代在此背景下出遊的情況：「施施而行，漫漫而遊。」雖也「上高山，入深林，窮迴溪，幽泉怪石，無遠不到」，能短暫忘卻憂愁。遊山時飲酒醉臥，在夢中尋找解脫，但「覺而起，起而歸」，最終還是要重返現實，面對殘酷處境。

直至有一天，他坐在法華寺的西亭，發現奇特的西山，一切起了變化。章士釗說：「子厚永州山水之遊，應分作兩個階段，而以西山之得為樞紐。」這正指出了關鍵。

為了一窺特異的西山，柳宗元攜僕幾經艱辛攀上山頂，登乎此而窺「數州之土壤，皆在袵席之下」。此處他沒有正面描寫西山，重點在於突出周圍的山峰與河谷的渺小：千里之遙就像微縮於尺寸之間。然後，指出「知是山之特出，不與培塿為類」。這裏既突出西山的高聳，也暗示了本人特立獨行，不與俗人同類。而在西山遠眺群峰，有「一覽眾山小」之概。《莊子‧秋水》有言：「因其所大而大之，則萬物莫不大；因其所小而小之，則萬物莫不小。」高山且顯得渺小，因政治獲罪而成為「僇人」的遭遇，在此寬闊磅礴的俯瞰視野中，不也顯得微不足道？

這裏青山白水，縈迴繚繞，與天際相接，混元為一。天地間的浩然之氣廣無涯涘，自己也融入於這一無邊的廣漠宇宙之中，與創造萬物的大自然融為一體。心境脫胎換骨，一切鬱結消溶於無形之中。一種大徹大悟的境界，像陣陣清爽的涼風進駐胸臆，從而得到「心凝形釋，與萬化冥合」的最終覺悟。莊子說：「天地與我並生，萬物與我齊一」；列子說：「心凝形釋，

骨肉都融，不覺形之所倚，足之所履，隨風東西。猶木葉乾殼，竟不知風乘我耶？我乘風乎？」一切是非、對錯、榮辱、懼喜、物我等世俗概念皆歸於「無」。周振甫說：「心像凝結那樣忘悼一切，形體像消散一樣忘掉自己的存在。」

此次登山，柳宗元「引觴滿酌，頹然就醉，不知日之入。蒼然暮色，自遠而至，至無所見，而猶不欲歸。」不再像以前的遊山「傾壺而醉。醉則更相枕以臥，臥而夢。意有所極，夢亦同趣。覺而起，起而歸」，不只是短暫的逃避與自我陶醉，甦醒過來又要面對憂懼的來襲。此刻的頓悟，使他流連忘返，陶醉於山水之間，找到人生的新方向。

台灣學者吳崇榮說：「昔日遊山，山與我是互不相關的主客體，因主客二者產生強烈的對峙，所以未能體會『物我合一』的境界，也因此未能化解『恆惴慄』的心情，而今『與萬化冥合』，子厚的心境融入了悠遠縹緲的山水中，放下政治上失意的困頓抑鬱情懷，融情於景。」柳宗元說：「然後知吾嚮之未始遊，遊於是乎始。」這正是他流放永州四年，經過了貧病苦難的煎熬後，最終覺悟的始點。幾個月後他又完成了〈鈷鉧潭記〉、〈鈷鉧潭西小丘記〉和〈至小丘西小石潭記〉，而在其後的六年裏，〈袁家渴記〉、〈石渠記〉、〈石澗記〉和〈小石城山記〉相繼完成，合共八篇。展示了柳宗元徹悟之後，寄情山水的最高境界。清代學者李剛說：「此與〈鈷鉧潭記〉以下七篇文字，首尾呼應，脈絡貫輸，合之可為一文。」

起於景物，結於境界
——談談〈鈷鉧潭記〉

〈鈷鉧潭記〉一文短小精緻，也韻味無窮。

元和四年（809年）秋，柳宗元始得西山後不久，又遊鈷鉧潭，並寫下這篇遊記。此文雖短，但可分為四個部分：第一部分交代鈷鉧潭的位置，並描寫冉溪之水流注潭中的形態；第二部分記述購得潭上土地的經過；第三部分寫作者改造潭上景觀的情況；最後抒發因此潭而樂的感情。

鈷鉧潭在西山的西面，由冉溪的水流注而成。交代位置後，作者即以氣勢磅礡的筆觸描寫溪水的奔騰之勢。文中先以「奔注」一詞概括其勢，然後細描溪流的形態。溪多頑石，河道曲折，上下游形勢險峻，溪水自高而下衝擊，異常猛烈。文中用一「齧」字，突顯溪水衝擊兩岸的力度，有如利牙猛噬，形象逼真。由於這樣的衝擊力，也造成了溪道既寬且深的形態。而溪水「蕩擊益暴」，白色水花當然四濺。文中以「流沫成輪」來描述在水力衝擊下捲起的白色水沫，有如車輪滾動，形象逼真。洶湧澎湃的水流至石上才轉為徐緩，並形成約十畝的鈷鉧潭。

此潭水清面平，四周樹木環植，高處有泉水懸壁流下。此景幽遠靜雅，精緻多韻。本段前動後靜，一暴一雅，兩相對比映襯，使人回味無窮。有如交響樂的急緩變化，先緊張後舒展，引人走入無限遐思的境界。

由於柳宗元多次遊覽此地，為住在這裏的居民所留意。有一天，有人來他家扣門，訴說自己受不了政府的苛捐雜稅，又積下沉重的債務，打算搬去更偏僻的山中鋤草開荒，希望把鈷鉧潭上的田地賣出，以解決當前的稅債災禍。此處柳宗元固然用以交代購得鈷鉧潭的原因，但也刻意突出當時的吏治敗壞，苛政猛於虎，人民生活困苦的情境。柳宗元對此作出揭露批評，也抒發個人有志於天下而不得的懷才不遇之情。如果結合他同樣在永州寫的〈捕蛇者說〉一文，就更加清楚了。在那篇文中，捕蛇者可避毒蛇咬死之險，卻避不過惡吏的強催苛索。最後柳宗元嘆道：「嗚呼！孰知賦斂之毒，有甚是蛇者乎！」二文可謂互相呼應。

第三部分交代柳宗元樂意購下鈷鉧潭一帶的田地，並進行改建美化。他在這裏加高台面，駁長欄杆，又引高處的泉水流墜潭中，引出悅耳的流水聲。此一改建，聲色俱全，他認為最適合在中秋時節到此賞月。因為在這裏天空顯得更高，視野更開闊，能看得更遠。柳宗元在〈邕州柳中丞作馬退山茅亭記〉中說：「夫美不自美，因人而彰。蘭亭也，不遭右軍，則清湍修竹，蕪沒於空山矣。」鈷鉧潭一地固有其美，但如果沒有柳宗元的發掘，也同樣會蕪沒於空山之中。柳中元發掘了鈷鉧潭，並對其加以改造，使其更幽遠雅致，再以文字描繪，將潭之美凝

固起來，流傳後世，使人人皆知，故謂此美因柳宗元而彰。

　　此文以「孰使予樂居夷而忘故土者，非茲潭也歟？」一句結尾。此乃一反問句，指出是鈷鉧潭之美，使柳宗元雖居蠻夷，卻因其樂而忘記故鄉。其中標舉了一「樂」字。此「樂」既回應了樂於購潭邊之地，也表現出因潭之美而樂。但又説「居夷而忘故土」，則不無強調以此樂來抹去因貶謫而帶來的「恆惴慄」的企圖。王國維在《人間詞話》中説：「境非獨謂景物也，喜怒哀樂亦人心中之一境界。故能寫真景物也，喜怒哀樂亦人心中之一境界。故能寫真景物、真感情者，謂之有境界。否則謂之無境界。」本文以「樂」作結，則可説本文以景物起，而以境界結。

小丘之遭與柳宗元的幸與不幸

〈鈷鉧潭西小丘記〉是「永州八記」的第三篇。文中開首交代遊西山後八日探得鈷鉧潭，而小丘則在潭西二十五步左右。如果說自〈始得〉一文後，柳宗元從被貶永州的惴慄憂懼中覺悟人生的新路向，那麼到〈小丘記〉便是他重新肯定自我的價值，並藉此批評唐皇朝的政治鬥爭浪費人才。

文中交代小丘面積不大，只有一畝左右。價錢也不貴，只售四百而已。末段作者感嘆，像這富有勝景的小丘，如果位於鄰近首都長安一帶的繁華地方，喜歡遊覽的人必定爭相搶購，每日增加一千文錢也未必能買得到。如今此丘棄於永州這窮鄉僻壤之地，被農夫漁父鄙視，只出四百錢，經過了幾年也賣不出去，遭遇坎坷，為有識者所憐惜。作者對小丘的這一強調，無疑也是對自身遭遇的不憤之辭。

柳宗元才華出眾，而且年少得志，原能在政治上大展拳腳，卻適逢唐中期以來宦官當權，政治黑暗。他參與王叔文的政治改革，希望能重振唐室雄風。可惜支持改革的順宗皇帝身體欠佳，宦官乘機發動政變，擁立太子，逼順宗退位。改革失

敗，柳宗元被貶，從此離開權力核心，流放蠻荒。他自覺與小丘同病相憐，並在文中明示「唐氏之棄地，貨而不售」。明說小丘，暗諷己身。

雖說小丘宗元兩相遭，但畢竟小丘仍然比柳宗元幸運。小丘終究得到柳宗元與他朋友們的賞識，被「籠而有之」，終不為世所棄，寂寂無聞。柳宗元則終其一生為唐氏所棄，繼永州後，續任柳州刺史，並於任上病逝，終無重歸朝廷、治國興邦的機會。

柳宗元購得小丘，便着手對其進行一番整頓。先剗去穢草，伐去惡木，並以烈火把這些穢草、惡木焚去。這無疑也是他欲於朝政改革上除去宦官，剗走佞臣的願望。如今不能在治國上發揮作用，便也用於治理小丘上。政治的清明終不可得，但小丘經整理後卻「嘉木立，美竹露，奇石顯」。

小丘的條件原本就十分優厚。它四周生有竹樹。石頭破土而出，奇狀累累。有的像低下頭在溪邊喝水的牛馬，有的像攀登山丘的熊羆。如今經過修整一番，景色更見迷人：「山之高，雲之浮，溪之流，鳥獸之遨遊，舉熙熙然回巧獻技，以效茲丘之下。」而這種美景令人的眼、耳、神、心皆能得到上佳的享受：「清泠之狀與目謀，瀯瀯之聲與耳謀，悠然而虛者與神謀，淵然而靜者與心謀。」

清人朱庭珍《筱園詩話》：「歷一山水，見一山水之妙，矧陰晴朝暮，春秋寒暑，變態百出。游者領悟當前，會心不遠，或心曠神怡而志為之超，或心靜神肅而氣為之斂，或探奇選勝而神契物外，或目擊道存而心與天游。是遊山水之情，與心所得

於山水者，又各不同矣。」柳宗元遊小丘，至此不只是耳目的景觀享受，至於心神已是到了另一境界。

柳宗元慶賀小丘終能得到賞識，發揮自己的魅力。當中也隱含對自己懷才不遇的憤慨。茅坤《唐宋八大家文鈔》：「予按子厚所謫永州、柳州，大較五嶺以南，多名山削壁、清泉怪石，而子厚適以文章之雋傑客茲土者久之。愚竊謂公與山川兩相遭，非子厚之困且久，不能以搜岩穴之奇；非岩穴之怪且幽，亦無以發子厚之文。」柳宗元的不遇固然可惜，但卻因他的不遇，最終使本應寂寂無聞的蠻荒山水得以為世所知，此為以柳宗元之不幸成全山水之幸歟？但放寬點視界來看，則如果不是他在政治上的失意，又怎能成全山水及柳宗元的山水文學呢？幸與不幸也不能一概而論！

第五章

蘇東坡的情緒智商

惠州西湖懷東坡

「羅浮山下四時春，盧橘楊梅次第新。日啖荔枝三百顆，不辭長作嶺南人。」東坡居士謫居惠州，寫下此詩。當中流露對嶺南風物的讚美和依戀，但也不無自我安慰之情。

宋時嶺南乃蠻荒之地，是罪臣流戍之所。蘇軾少年英才，以〈刑賞忠厚之至論〉一文應禮部試，得主考官大文豪歐陽修賞識。歐稱：「讀軾書不覺汗出，快哉快哉！老夫當避路，放他出一頭地。」當年蘇軾還是一位二十歲的年輕人，可謂前途無限！但他生性梗直，敢於發表個人看法。對剛推行的「熙寧變法」有所批評，結果惹來「烏台詩案」，險些喪命。舊黨復出後，盡罷新法，蘇軾又力陳新法有足保留者，未可全廢，結果又得不到舊黨的同情。從此，他的仕途便是四處貶謫流徙。由黃州、杭州、惠州，最終貶到國土最南端的海南島。

曾去過惠州幾次，每次都有機會到那裏的西湖走走。湖邊有蘇東坡紀念館，館的旁邊是蘇軾被貶時與他相依為命的侍妾王朝雲的墓。當年遠謫蠻荒，生活苦悶，幸得朝雲在側。東坡居士撫琴，朝雲起舞，面對惠州西湖十里荷香，水光瀲灩的美

景，也許能暫忘貶謫的苦痛。可惜王氏病死惠州，東坡又再貶至海南島儋州，從此生死兩茫茫！

蘇軾才華橫溢，但一生仕途鬱鬱不得志。我們不禁要問，為何庸才往往能當道，而人才卻被糟蹋？對於上天的安排，蘇軾早已懂得自我安慰。也許因為在仕途上不得志，才能練就「三蘇」並稱的古文；「蘇黃」並稱的「蘇詩」；「蘇辛」並稱的「蘇詞」；北宋書法四大家的「蘇體」；還有由他所開創的「湖州竹派」！

雪泥鴻爪

　　一位二十五歲左右的年輕人對人生到底有多大程度的感悟？見盡滄桑的長者或許體察世事的虛幻，但年輕人對未來總應有一番憧憬。多少兄弟能在歷史上共享文名？曹丕、曹植兄弟；周樹人、周作人兄弟皆是，然前者兄弟爭權而相殘；後者政見不同而各走各路。唯蘇軾、蘇轍兄弟感情始終如一，在人生的起落跌宕中互相扶持。蘇軾遭遇烏台之獄，面臨死亡時，仍不忘乃弟，賦詩云：「是處青山可埋骨，他年夜雨獨傷神。與君世世為兄弟，更結來生未了因。」兩兄弟的情誼及對人生的思索，在早期的唱和詩中已體現出來。

　　宋仁宗嘉祐六年（1061年）八月，蘇氏兄弟參與「制科」考試。蘇軾得「賢良方正能言極諫科」「上考」的最高榮譽，而蘇轍也考得第四等，各得官職。蘇轍擬留京侍奉父親蘇洵，而蘇軾則赴任大理評事簽書鳳翔府，將往陝西鳳翔。是年冬，弟送兄到鄭州而別，這是兩兄弟第一次分手。蘇轍寫下〈懷澠池寄子瞻兄〉一詩贈兄：

相攜話別鄭原上，共道長途怕雪泥。

歸騎還尋大梁陌，行人已度古崤西。

曾為縣吏民知否？舊宿僧房壁共題。

遙想獨遊佳味少，無方騅馬但鳴嘶。

首四句交代與兄在鄭州道別，當時正值冬天，地上滿是積雪，行走艱難，況且兄長需走長途的路，相信路途中將困難重重。現在蘇轍已走回汴京的路上，也設想兄長應在西向鳳翔的崤山古道。這表達了對兄長的關懷。

後四句則交代了兩兄弟與澠池的緣分。澠池是汴京往西，或由西往汴京的一處必經之地。蘇轍曾被任為澠池主簿，但沒有到任，所以在詩中問不知當地的人是否知道他曾被任為該處的縣吏。

而蘇轍又在詩中自注一段往事：「昔與子瞻應舉，過宿縣中寺舍題其老僧奉閒之壁。」原來嘉祐元年（1056年），父親蘇洵帶同他們兩兄弟首次離開家鄉四川眉山往首都汴京應試。第二年初春，途經澠池。當時白雪皚皚，崤山小道崎嶇不平，他們的坐騎被埋在雪下的石塊絆倒，蹄脖摔斷受傷的馬匹痛苦嘶叫，不久死去。他們尋得縣中僧寺留宿，得奉閒老和尚熱情招待，並贈一頭毛驢給他們趕路。當時兩兄弟深為感動，並在寺中壁上題詩，其後兩兄弟均考試高中，此事成為他們難忘的回憶。如今蘇轍設想兄長要單獨走這段艱辛的路，而且又再聽到馬匹的嘶鳴，卻沒有自己在身邊互相扶持，一定沒有當年那份雖艱苦、但卻使人回味無窮的樂趣。

蘇軾收到弟弟的贈詩後便吟一首以回應，這便是著名的〈和子由澠池懷舊〉：

> 人生到處知何似，應似飛鴻踏雪泥。
> 泥上偶然留指爪，鴻飛那復計東西。
> 老僧已死成新塔，壞壁無由見舊題。
> 往日崎嶇還記否，路長人困蹇驢嘶。

不似蘇轍的懷人與追憶，蘇軾在弟弟詩作的基礎上，抒發出對人生的感悟。

他首先提問，人生四處漂泊無定，像甚麼呢？就像鴻雁的爪偶然踏在雪地上，留下印痕。天南地北雙飛客，鴻雁始終有牠們的征程。雪泥終會融化，鴻爪將會消失。他們何嘗也不是如此？上京應考，受任赴官原是各自的征程，而澠池往事也不就是雪泥鴻爪，可堪追憶嗎？

如今蘇軾赴任鳳翔，再經澠池，當年熱情招待他們的老和尚奉閒已經圓寂，安放他舍利的新塔已成；當年題詩的牆壁也已成頹垣，詩痕不再復見。正是雪泥鴻爪的具體印證。但是往昔那段大家共走崎嶇、驢嘶人困的艱難歲月卻成了大家共同的美好回憶。

此詩哲理深邃而不流於虛幻。一方面感慨於人生的偶然與身不由己，看透了生命的難以掌握。但另一方面又視曾經遭遇的艱辛也會成為日後美好的回憶，在感慨中帶有積極。在這二十五歲的年輕人心中，已奠下了日後蘇軾的人生態度。人生的凶險與苦難在此時還沒有開始，但這位年輕人的心理質素已

為日後的遭遇充分地做足了準備。

　　不單是內容，技巧上此詩也更勝其弟，首先，他全用弟詩韻腳：「泥」、「西」、「題」、「嘶」而不覺掣肘，反顯得揮灑自如。清代紀昀評道：「前四句單行入律，唐人舊格；而意境恣逸，則東坡之本色。」這裏所指的「唐人舊格」大概是指崔顥〈黃鶴樓〉：「昔人已乘黃鶴去，此地空餘黃鶴樓。黃鶴一去不復返，白雲千載空悠悠……」句，不求律詩三、四句對仗的形式，而求文意承上直說，不僅字面飄逸，文氣也充沛有氣勢。

「但願人長久，千里共嬋娟」
——雖處劣境，常存希望

　　歷代吟詠中秋的詩詞甚多，而以蘇軾的〈水調歌頭·明月幾時有〉最著名。南宋胡仔的《苕溪漁隱叢話》云：「中秋詞，自東坡〈水調歌頭〉一出，餘詞盡廢。」

　　詞是入樂的文學，除了內容豐富精妙，能協律以便歌唱也是很重要的。蘇軾開創「豪放派」詞風，擴闊詞的內容，有時甚至為了更好地表達深遠的思緒而寧願犧牲詞的音樂性。所以李清照批評蘇軾：「皆句讀不葺之詩爾，又往往不協音律者。」

　　但是就〈水調歌頭〉而言，則內容形式兩相和諧，堪稱中秋詞之絕唱。《鐵圍山叢談》記載，北宋時的著名歌手袁綯曾回憶他為蘇軾唱此詞的經歷：「東坡公昔與客遊金山，適中秋夕，天宇四垂，一碧無際，加江流澒涌，俄月色如晝，遂共登金山山頂之妙高台，命綯歌其〈水調歌頭〉曰：『明月幾時有？把酒問青天。』歌罷，坡為起舞而顧問曰：『此便是神仙矣！』」當前之美景，加之技藝高超的歌手，誦唱此名篇，引聽者昇華至何等的藝術境界？現代歌手鄧麗君也唱此詞，淡淡幽情，繞樑三日。

　　蘇軾作此詞於熙寧九年（1076年）歲次丙辰。當時他已離任杭州通判而移知密州。當密州知州某程度上是他提出的要求。因熙寧七年（1074年）六月，他的弟弟蘇轍任齊州書記，他請求朝廷給他一個近齊州的州郡任職。

　　蘇軾才華洋溢，得到歐陽修等朝中大臣的賞識，原本以為能在朝廷一展抱負，為君王股肱之臣。可惜宋神宗繼位，任用王安石變法，蘇軾對新政頗多批評，以至與新黨之人常常衝突。他知道在朝中徒增是非，而未能有所作為，故請求外調地方。

　　密州當時旱災、蝗禍、盜賊頻生，與弟弟也並非容易見面，再加上在朝廷政治上的失意，令他百感交集。適值中秋之夜「歡飲達旦，大醉，作此篇，兼懷子由」。

　　此詞上闋三提問：一問甚麼時候開始有月亮？二問天上現在是甚麼年月？三問天上比人間是否更好？這是對宇宙的敲問，也是對人生的敲問。寫來幽遠深邃而自然，不着一點痕跡。其實處處用典，句句有出處。這不但是蘇軾之問，也是千古之問！

　　關於「明月幾時有？」的提問，張若虛的〈春江花月夜〉：「江畔何人初見月？江月何年初照人？」又李白〈把酒問月〉：「青天有月來幾時，我今停杯一問之。」

　　對於「不知天上宮闕，今夕是何年」的提問，王充《論衡·道虛篇》載有項曼都學仙升天、在月宮旁居住三年，「不知去幾何年月」。而牛僧孺〈周秦行記〉有詩云：「香風引到大羅天，月地雲階拜洞仙。共道人間惆悵事，不知今夕是何年。」

「我欲乘風歸去」句，有列子御風而行之仙意。另李賀〈蘭香神女廟〉有句：「踏霧乘風歸，撼玉山上聞。」

關於「瓊樓玉宇，高處不勝寒」，同是王充《論衡‧道虛篇》有「居月之旁，其寒淒愴」。這裏未及月宮，已感其寒，如到則可想而知。另《雲笈七籤》記羅公遠中秋夜陪唐明皇遊月宮：「與明皇升橋，行若十數里，精光奪目，寒氣侵人，遂至大城。」

「起舞弄清影，何似在人間？」的提問，又典出李白〈月下獨酌〉：「我歌月徘徊，我舞影零亂。」

不少評論者認為「高處不勝寒」是指朝廷的政爭使蘇軾不寒而慄，使他寧願當個小官，在地方任職，避開陰謀是非，更來得自在。再引申為在朝是「入世」，離朝是「出世」。此處表達了蘇軾在「入世」與「出世」之間的掙扎，最終選擇了「出世」。不過，天上、月宮似是道家「出世」之境，人間才是「入世」之所。又為何不是表達出在面對政爭困境時，蘇軾的內心掙扎於從政與歸隱之間，而最終選擇了「入世」的「人間」而非「出世」的「天上宮闕」呢？日後他將面對更殘酷的政治鬥爭，處境更艱險，因而時常以佛道思想排遣胸中的鬱結，但每每又在消極的情緒中，帶出積極的人生態度。他這種思想定向，似是一貫的。

下闋更表達了這一思路。石曼卿云：「月如無恨月長圓」。蘇軾詰問月兒何以總是在人們分離時才圓呢？這使離人情何以堪？但很快他又發揮其高超的情緒智商，不懷消極與逃避，指出：「人有悲歡離合，月有陰晴圓缺，此事古難全。」不完美本是人世間的定律，是無可逃避的。面對現實，只好轉變自己的

心態:「但願人長久,千里共嬋娟。」

　　把思維拓闊,從時間與空間上寄託人間最美好的願望,這也是古已有之的哲理。鮑照〈翫月詩〉:「蛾眉蔽珠櫳,玉鉤隔瑣窗。三五二八時,千里與君同。」又謝莊〈月賦〉:「美人邁兮音塵闕,隔千里兮共明月。」再有張九齡〈望月懷遠〉:「海上生明月,天涯共此時。」可見蘇軾始終是一位熱愛生命、樂觀積極的人物,雖處劣境,卻仍然充滿希望。

〈念奴嬌・赤壁懷古〉中
的消沉與無奈

　　一個人再樂觀，也有情緒低落的時刻。蘇軾才華橫溢，但一生境遇坎坷。無意中成就了他文學上的崇高地位，但政治上卻鬱鬱不得志。讀他的詩詞文章，無不感到他的樂觀精神。例如早年初仕鳳翔，在〈和子由澠池懷舊〉一詩中視往日的艱辛為他日成就事業的磨練，充滿朝氣。在〈水調歌頭・明月幾時有〉一詞中不無傷感，但仍然提出「但願人長久，千里共嬋娟」的期盼。

　　在蘇軾一生中有兩次重大的貶謫遭遇，一次是黃州，一次是南方的惠州、儋州。在黃州，他仍吟出：「誰怕？一簑煙雨任平生。」（〈定風波〉），並在〈前赤壁賦〉中藉着答客的方式，提出清風明月「是造物者之無盡藏也，而吾與子之所共適」的樂觀情懷。被貶南方，也吟出「日啖荔枝三百顆，不辭長作嶺南人」（〈惠州一絕〉）的正面態度。

　　但蘇軾也有悲愴失落、不能強顏歡笑之時，而且常在失望與自我安慰之間起落無定。其中〈念奴嬌・赤壁懷古〉一詞，堪

稱豪放詞的代表作，但深藏的情懷卻是低沉鬱悶與失落。此詞作於元豐五年（1082年）七月，與〈前赤壁賦〉差不多同時完成。卻只有「託遺響於悲風」的情調，而沒有明月清風的樂觀。

蘇軾批評「熙寧變法」，惹來宋神宗及主持新法的官員不滿。當中又有勢利者忌蘇軾才高，想藉此把他除掉。御史中丞李定，御史舒亶、何正臣等人，聯手參劾蘇軾誹謗朝政。小人誣陷他人，通常指人「不學無術」，李定也不例外，他向神宗奏曰：「知湖州蘇軾，初無學術，濫得時名。」又提出五次「誅」、一次「殺」、一次「戮」，非置蘇軾於死地不可。元豐二年（1079年）八月十八日，蘇軾入獄，是為「烏台詩案」。在多方營救後，蘇軾得以免死，但被流放黃州。

元豐三年（1080年）二月，蘇軾到了黃州，「自笑平生為口忙，老來事業轉荒唐。」（〈初到黃州〉）他是逃過九死一生的人，曾有死的準備，自謂：「予以事繫御史臺獄，獄吏稍見侵，自度不能堪，死獄中，不得一別子由。」

寫〈念奴嬌〉時，蘇軾四十七歲，貶謫黃州已過兩年餘。他遊於長江之上，歌「大江東去，浪淘盡，千古風流人物」。一開始便展拓出廣闊的空間和悠遠的時間，並由景及人，為全詞風格定調。再由概括進入具體，先寫眼前景：故壘、赤壁、驚濤。此處或許是三國赤壁之戰的古戰場，不過重點不在於是否真實地點，聊以借題發揮而已。此地岩石陡峭，浪濤洶湧激盪，氣象恢宏。「江山如畫，一時多少豪傑。」一句則為承上之景，並啟下之人。

遙想周瑜當年二十四歲，得東吳孫策親自迎請，授「建威

中郎將」，並攻破皖城，迎娶小喬。十年後，曹操北定中原，揮師南下，欲一統天下。周瑜指揮若定，風流儒雅，輕鬆敗退曹軍，定天下三分之勢，建立不朽功業，事業愛情兩得意，此時只不過三十四歲。如今自己年將半百，一事無成，被貶為罪人，流放蠻荒。年少時的雄心壯志，不能伸展，愧對平生素願。落得華髮滿頭，也只能笑自己想得太多！除了無奈，仍是無奈。《蓼園詞選》曰：「題是赤壁，心實為己而發。周郎是賓，自己是主，借賓定主，寓主於賓。」正是此解。

　　最後由懷古而抒情：「人生如夢，一尊還酹江月。」抒發出自己的抑鬱與感慨。「世事一場大夢，人生幾度新涼。」（〈西江月〉）又〈永遇樂〉：「古今如夢，何曾夢覺。」他在當年的九月由雪堂夜飲後回臨皋作〈臨江仙〉有句：「長恨此身非我有，何時忘卻營營？」悲惻之情歷歷。《蓼園詞選》曰：「題是懷古，意是謂自己消磨壯心殆盡也。」王水照說：「這首詞的情感是矛盾複雜的：既有對祖國壯麗河山的熱情禮讚，對建樹功業的英雄人物的衷心傾慕，又有人生如夢的消沉感喟。」

　　一般認為「江月」是江上的明月。但詩詞用語講求精練，明知在歌詠長江，又何多此一舉在「月」前加一「江」字呢？如〈桃花源記〉：「率妻子邑人」句，「妻子」一語並非單指老婆，「妻」指「老婆」，「子」指「子女」，全意是「老婆子女」。因此「江月」應指「長江」與「明月」。如果參考同時寫的〈前赤壁賦〉，有描寫長江的「逝者如斯，而未嘗往也」。又寫月亮「盈虛者如彼，而卒莫消長也」，便很清楚。由此可見，蘇軾同時灑酒以祭江、月。而〈前赤壁賦〉以江、月表達了永恆的悠遠之思，在本詞中

卻沒有刻意點破。陶文鵬說：「借醉鄉夢境表現對現實的超越和
精神的解脫」，並且給讀者帶來「蒼涼悲壯的崇高感和超越短暫
人生的永恆感」，應是恰當之解。

從〈前赤壁賦〉中看破人生的執着

宋神宗元豐二年（1079 年）蘇軾陷「烏台詩獄」，險些喪命。及後被貶至黃州，生活艱苦，使其人生觀有所變化。蘇軾一生信奉儒家「致君堯舜」、建功立業的入世精神。但在其日後顛簸流離的貶謫生涯中，逐漸體味人生的苦難，不得不以佛道思想洗滌心中的抑鬱。早年「吾之於僧，慢侮不信」的態度有所改變。

元豐五年（1082 年）七月十六日，他與友人夜遊黃州赤壁，寫下〈前赤壁賦〉。此賦佛道思想濃厚，歷代評論者都有指出。例如首段：「浩浩乎如馮虛御風，而不知其所止；飄飄乎如遺世獨立，羽化而登仙。」與莊子〈逍遙遊〉「列子御風而行」的境界相同；又第四段的變與不變之論，近乎對莊子〈齊物論〉的發揮；而吳子良引《莊子內篇・德充符》言：「自其異者視之，肝膽楚越也，自其同者視之，萬物皆一也。」則連句子結構也相似。此賦其餘文句，例如「寄蜉蝣於天地，渺滄海之一粟」、「挾飛仙以遨遊，抱明月而長終」等，都是道家味濃。本文則擬討論此賦中的佛家思想。

　　從結構鋪排來說，〈前赤壁賦〉充滿佛教禪宗的理趣。此賦可分三部分：第一部分交代與友人遊赤壁之樂；第二部分則是樂極而生悲：由洞簫之幽怨引發對人生短暫的感慨；最後部分則以水、月變與不變的觀念破解悲傷，轉悲為喜。此三變又如禪宗參禪之三個階段：「初關」、「重關」與「牢關」，即所謂「見山是山」、「見山不是山」到「見山還是山」。鄧瑩輝總結為：「肯定」到「否定」再到「否定之否定」的思維過程。

　　月夜遊長江之樂是表面之樂、膚淺之樂與凡人之樂。此樂是生理直接的感受，所有人皆有，是未悟道之前的低層次感受。由這一種表面之樂而引發思考人生的無常，一切的樂皆不能把握，結果悲從中來。這是對人生的反思，由表面進入深刻的反省，是對前者的否定。但肯定與否定對立，仍然執着於概念的設定，終未能悟「諸行無常」、「諸法無我」、「一切皆空」的境界。其實一切的樂與悲、肯定與否定、變與不變等互相對立的概念皆不存在，所謂「緣起緣滅」。因此，最終也不必執着於這一切，而到了「當下即是」的境界。此賦即是由「飲酒樂甚」到「託遺響於悲風」再到「客喜而笑」的結構組成。王水照評：「從遊賞之樂，到人生不永之悲，到曠達解脫之樂，正是蘇軾在厄運中努力堅持人生理想和生活信心的艱苦思想鬥爭的縮影。」

　　此賦由悲再轉喜的關鍵在於變與不變的論斷：「客亦知夫水與月乎？逝者如斯，而未嘗往也；盈虛者如彼，而卒莫消長也。蓋將自其變者而觀之，則天地曾不能以一瞬；自其不變者而觀之，則物與我皆無盡也，而又何羨乎！」南宋周密指出，此處有《楞嚴經》之意：「佛告波斯匿王言：『汝今自傷髮白面皺，

其面必定皺于童年，則汝今時觀此恆河，與昔童時觀河之見，有童耄不？』王言：『不也，世尊。』佛言：『汝面雖皺，而此見精性未嘗皺。皺者為變，不皺非變；變者受生滅，不變者元無生滅。』」人由童年至老年，黑髮變白髮；面滑變面皺，但童年時的恆河與老年時的恆河仍是恆河。人老而面皺是「變」，是因緣的「生滅」，但無所謂「生滅」便是「不變」。此處或再引東晉高僧僧肇的〈物不遷論〉以作討論。明董其昌《畫禪室隨筆》卷三云：「東坡水月之喻，蓋自肇論得之，所謂不遷義也。」

　　佛教認為世間萬事萬物皆為因緣幻化而成，一切皆是空。「空」不是「無」，而是萬物沒有自性。人們看到的「變」其實是「因緣幻化」，有時間先後的觀念，人便以為事物先後的不同便是「變」。但〈物不遷論〉認為：「求向物於向，於向未嘗無；責向物於今，於今未嘗有。於今未嘗有，以明物不來；於向未嘗無，故知物不去。覆而求今，今亦不往。是謂昔物自在昔，不從今以至昔；今物自在今，不從昔以至今。」即是昔是昔，今是今，今昔沒有關連，因此沒有所謂「變」，所以「旋嵐偃嶽而常靜，江河競注而不流，野馬飄鼓而不動，日月歷天而不周」。

　　因此，從因緣幻化的角度看，萬物皆在變，水之逝，月之盈虛皆是變。但其實，昔之永在昔，今之永在今，萬物皆為不變。水與月與人皆一樣，那便不需羨慕了。羅永吉云：「這滔滔逝去的江水，不曾於一瞬間暫住，則沒有任何一刻的江水是相同的，可見無論何時的江水，皆未曾流動消逝，遷至他時；那盈虛變化的明月，亦未曾有一瞬暫留，則沒有任何一刻的明月是相同的，可見在任何時刻的明月，亦皆未曾消長變化，移於

別處，因為任何時刻的『水』與『月』，皆『性住於一世』而『不遷了』。」通過破解對現象的執着，心中的鬱結得以釋放。這是蘇軾面對苦難時的自我開脫。

第六章

新文化新文學

五四新文化

2019年是「五四運動」一百周年。談起「五四運動」，必定要提及「新文化運動」，二者不可分，故也可稱「五四新文化運動」。

「五四運動」本是一件政治事件。發生於1919年5月4日。事緣第一次世界大戰結束，各國在巴黎召開和會，商討戰後的秩序安排。中國也是戰勝國，故也派員參加，並冀在會上爭取平等權益。當時日本提出繼承德國在中國山東省的一切權益，引起中國代表的不滿，但當時列強偏袒日本，中國代表無可奈何。

事件傳來，以北京大學為首的大學生於5月4日舉行集會遊行，提出「外爭國權，內除國賊」的口號，並要求出席和會的中國代表拒絕簽字。事件引起全國各地人民的和應，史稱「五四運動」。

雖然列強在「巴黎和會」上無視中國的主權，是「五四運動」爆發的導火線，但此運動的發生，有其更廣闊的歷史文化脈絡，這便是「新文化運動」的興起。「鴉片戰爭」以來，中國屢受

西方列強入侵，初時國人不以為意，但有識之士已開始反思。當時魏源撰《海國圖志》，提出「師夷之長技以制夷」的觀點。及後「英法聯軍」、「太平天國」等內憂外患日熾，朝中大臣，例如恭親王奕訢、曾國藩、李鴻章、張之洞等人推行「洋務運動」，以「自強」、「富國」為號召。他們認為只要掌握「西學」的技術，便能對付西方列強的入侵。「洋務運動」經過幾十年的努力，建立起可觀的北洋艦隊。可惜在中日「甲午戰爭」中全軍覆沒，也宣告了「洋務運動」的失敗。

「甲午戰爭」後，國人思考，我們不但技術不及人，而且尚需政治制度的改革，例如日本也同樣面臨西方列強的威脅，但他們推行比「洋務運動」改革更全面的「明治維新」，並在短時間內戰勝中國。基於此，提倡君主立憲的「戊戌維新」興起。但一百多天後，「維新」釀成「政變」，國人在失望之餘漸漸傾向孫中山的革命運動，最終清朝滅亡。

「辛亥革命」迎來了共和政體，但虛有其表，先後出現了袁世凱稱帝及張勳復辟的事件。有識之士深入反思，當前中國的落後，不只是技術不如人、政體不入流，癥結是文化上的問題。

文化如果未能更新，一切的技術、政體的改革皆是徒然。由此，「新文化運動」興起。

1915年，陳獨秀創辦《青年雜誌》，及後改名《新青年》，「新文化運動」展開。當時的有識之士以《新青年》為基地，對中國傳統文化進行批判，並提出「新文化」的概念。

他們對獨裁統治、封建禮教、迷信、包辦婚姻、纏足、歧視女性、儒家思想等舊文化進行批判。

　　當時，一群文化大師出現，各自提出更新文化的觀點，除了陳獨秀外，尚有胡適、魯迅、蔡元培、錢玄同等人。他們主張向西方學習，並提出對「民主」與「科學」的追求，激進者甚至提出「全盤西化」。當時，也有不以「西化」為鵠的，而提倡更新中國傳統文化的學者，例如梁漱溟、熊十力、歐陽竟無、張君勱、馮友蘭、錢穆等人，他們促使了「新儒學」的出現，對儒學的更新發揮了作用。

　　但無論哪一種取向，更新文化必先從教育着手。普及教育成為了必要的手段。沿用了數千年的文言文教育過於艱深，只能成就精英教育，而不能普及，白話文因而得到提倡。

　　胡適提出「我手寫我口」，並撰〈文學改良芻議〉；而陳獨秀也發表〈文學革命論〉一文，大力提倡白話文，「白話文運動」因是而興。

　　「白話文運動」發揮普及教育的功能，促進「新文化運動」的深化，有利新思想的傳播。國人得到思想的啟蒙，也對國家所處的內憂外患，萌生了救亡的意識，因而有「五四運動」的出現。

　　學者李澤厚提出「五四新文化運動」是「啟蒙」與「救亡」的雙重變奏。這兩條路線影響了中國近百年的歷史發展。

白話文運動

　　「五四新文化運動」在「救亡」與「啟蒙」的相互激盪中前進，「白話文」成為更新國民思想的利器。早在清末，裘廷梁在〈論白話為維新之本〉一文中已提出：「文言興而後實學廢」，「白話行而後實學興」。及至胡適提出〈文學改良芻議〉、陳獨秀提出〈文學革命論〉，終掀起了「白話文運動」。

　　「白話文」相對於「文言文」而被提出。胡適的「我手寫我口」形象地突顯出「白話文」的特點。其實，「文言文」也是先秦時期的「白話文」。先秦諸子以他們當時的口語著書立說，成為了後代的經典。及至漢代，這些當年的「白話文」隨着時代的變化，逐漸脫離當代的口語而成為「文言文」書面語。自此，白話日常用語和「文言文」書面語便分道揚鑣。

　　漢代的辭賦、魏晉南北朝的駢文、唐宋的古文、詩詞皆為文言文書面語。古代學生學習的書面語便是文言文。口語隨着時代的變遷、地域的不同，顯得紛繁複雜、千變萬化，但「文言文」這種書面語在古代中國，便成為了聯繫古今、溝通南北的重要媒介。

　　但是文言文始終脫離日常口語，成為知識精英的專利，有礙知識的普及。因此，歷代也有通俗的、配合口語的「白話文」出現。例如唐代，為了佛教思想的普及，出現「變文」，這是一種以當時口語為基礎，以淺白通俗的行文，用說唱的形式講述佛經、傳播佛教思想的文體；又如宋代的「話本」，原是說書人用以講故事謀生的底本，也是以當時的口語為基礎的；至於元明清以來的章回小說，例如《水滸傳》、《三國演義》、《西遊記》和《紅樓夢》等，它們繼承了宋元話本小說的傳統，也以「白話」為基礎。

　　鴉片戰爭以來，中國受西學東漸的衝擊，新事物湧現，舊思想有待更新。文言文逐漸成為與時代脫節的媒介。新文化的領袖們認為文言文是已經死了的文字，不再能表達現在活生生的思想。口語作為一種活的語言，才是創作新文學的唯一的適用媒介。胡適在〈建設的文學革命論〉中指出：「中國若想有活文學，必須用白話。」他們認為以文言文寫成的舊文學標榜「文以載道」和「道德原則」，這些舊思想都應該被取代。

　　「白話文運動」終於掀起了巨浪，並影響了文化界及教育界，最終取得了勝利。1918年1月起，《新青年》雜誌全部採用白話刊行；1919年10月，全國教育會聯合會要求政府提倡白話文；1920年1月12日，教育部正式要求小學一、二年級起國文教學以白話文替代文言文，3月廢除所有小學文言文教科書。1920年和1921年，白話文定為國語。而中等以上的學校也普遍採用白話文教學。最終，白話文教學成為了主流。

　　但是，白話文要能普及，除了有識者的提倡外，尚需能出

現有質素的白話文學作品才能鞏固地位。「五四」時期，湧現了一大批出色的白話文學家，例如魯迅、胡適、朱自清、徐志摩、郁達夫、豐子愷、巴金、老舍、沈從文、聞一多、夏丏尊、葉聖陶、錢鍾書，以及其後的一些女作家如蕭紅、冰心、張愛玲等等。他們的作品也相繼被中小學國文教科書採納為課文，影響更深。

　　胡適探討以白話寫詩的可能性，完成了《嘗試集》；聞一多、徐志摩則成功地以優美的白話文入詩；魯迅則以匕首一樣的筆鋒入文，批判傳統思想的糟粕。其中〈一件小事〉、〈風箏〉、〈孔乙己〉、〈藥〉等文章仍是中學國文範文；朱自清以他豐富的情感寫成的〈背影〉、〈春〉等，仍是中小學界的集體回憶；徐志摩以他嚮往自由、思想不羈的情懷寫下的〈再別康橋〉、〈偶然〉，仍受文青們的喜愛。

　　白話文已成為社會上書面的普遍用語。在「五四新文化運動」一百周年的時刻，讓我們回顧「白話文運動」的足跡。

魯迅的〈風箏〉

　　魯迅是現代中國文學的巨匠，他用辛辣的文筆揭露社會的毛病，喚醒在鐵屋中的國人，免其在沉睡中死去。他匕首般的筆尖剖開了虛偽與庸俗，使醜陋的人性暴露出來。魯迅的〈聰明人和傻子和奴才〉一文以故事的形式寫出「奴才」那種受壓迫而不敢反抗的悲哀；「聰明人」的明哲保身及見風使舵的虛偽；和「傻子」的見義勇為、嫉惡如仇，最終卻沒有好下場的嘆息。在剖挖出這活生生的人性時，魯迅期望的是國人最終能遠離愚笨，國家最終能走向光明。另外，魯迅的〈一件小事〉和〈風箏〉也廣為人熟悉。兩文借事喻理，批判落後思想的弊病，警醒國人思考與反省。本文以〈風箏〉為例，看看魯迅的提醒與告誡。

　　文章講述一件童年往事。「我」的小弟弟喜歡玩風箏，「我」卻認為這是沒出息孩子的玩藝，禁止弟弟玩，並弄破他私下製作的風箏。二十年後，「我」理解到兒童玩遊戲是正當的，玩具是兒童的天使。「我」驚覺自己當年對弟弟是一次精神虐殺，心裏感到歉疚萬分。魯迅此文提出對傳統思想的批判和反思。舊思想認為「勤有功戲無益」，又認為「業精於勤荒於嬉」，而不

知道學習要配合人的生理及心理發展，不同人生階段須有相應的學習模式。兒童期，遊戲就是最重要的學習方法，玩具就是最重要的學習工具，而中國的傳統思想卻以一「勤」字禁止兒童遊戲，因而窒礙了兒童的健康成長，扼殺了兒童應有的快樂和創意，無形中也限制了民族的創新精神。

小時候一件欺凌弟弟的往事，帶出了對傳統教育思想的反思。魯迅通過對氣氛的營造與烘托，嚴肅莊重地把問題提出來。他從「北京的冬季」看到「一二風箏浮動」開頭，帶出的氣氛是「驚異和悲哀」。由此而聯想到「故鄉的風箏時節」，雖然那時「是春二月」，但在「我」的眼中，所看到的風箏是「寂寞的」，「伶仃地顯出憔悴可憐模樣」。而「我」所身處的寒冬是「肅殺」的。作者以首尾呼應的方法強化這種悲哀與傷感：「我倒不如躲到肅殺的嚴冬中去吧，但是，四面又明明是嚴冬，正給我非常的寒威和冷氣。」文章就此結束。「我」的歉疚得不到解除，錯誤不能挽回，造成的傷害不能彌補。魯迅提出的問題解決了嗎？本文的結尾已交代了端倪。

那種歉疚是沉重的。文中說：「我的心也彷彿同時變了鉛塊，很重很重的墮下去」，這是直接描寫，或者未能令人感受到那種沉重。如果配合弟弟如何喜愛風箏，「我」又如何粗暴對待他，沉重就具體化了。弟弟可以看着天上的風箏「至於小半日」，「遠處的蟹風箏突然落下來了，他驚呼；兩個瓦片風箏的纏繞解開了，他高興得跳躍。」弟弟對風箏如此着迷，「我」卻不許他放，認為這「都是笑柄，可鄙的」。最後弟弟只能偷偷製作風箏，但不幸地卻給「我」識破。文中仔細地描述這一幕：

「他向着大方凳，坐在小凳上；便很驚惶地站了起來，失了色，瑟縮着。大方凳旁靠着一個蝴蝶風箏的竹骨，還沒有糊上紙，凳上是一對做眼睛用的小風輪，正用紅紙條裝飾着，將要完工了。」弟弟「苦心孤詣」地製作風箏的情景躍然紙上；他被識破的恐懼也具體地表現出來。「我」卻無情地把弟弟的風箏「擲在地下，踏扁了」，然後頭也不回地走了。文中越突顯弟弟對風箏的熱愛，就越表現出「我」的粗暴與無情。這種對童心的摧殘何嘗不是傳統教育思想對兒童的摧殘呢？

　　魯迅原本在日本仙台學醫，後來他放棄了，改為從事文藝創作。有人說這是因為他學醫的成績不好，此說尚有爭議。但他卻多次清楚地說他棄醫從文的原因：當時日本與俄國為了爭奪中國東北而發生的「日俄戰爭」結束不久，他在課堂上看到一段宣傳片，片中的日本軍逮捕了一個中國人，指他為俄國當間諜，因而將他斬頭，而旁邊圍觀的人也是中國人，卻在拍掌歡呼。那時他就想：「凡是愚弱的國民，即使體格如何健全，如何茁壯，也只能做毫無意義的示眾的材料和看客，病死多少是不必以為不幸的。所以我們的第一要着，是在改變他們的精神，而善於改變精神的是，我那時以為當然要推文藝，於是想提倡文藝運動了。」(《吶喊‧自序》) 這一段經歷改變了魯迅日後的人生路向，而從他的作品中也清楚地看到這一軌跡。〈風箏〉一文正是他改變國人精神的一次嘗試。

〈運動家的風度〉
與民國時期的中央大學

　　羅家倫〈運動家的風度〉一文對何謂「運動家的風度」作了充分的闡述。

　　他從最基本的「健康的體力，是一生努力成功的基礎」，再引希臘人的看法，認為：「健全的心靈，寓於健全的身體。」再及至對群體發揮的作用：「培養團體內部的共同意識和生活。」運動對個人能「發生一種自然的美感」，也能「養成人生的正大態度，以陶鑄優良的民族性」。

　　羅家倫又析縷分條地說明「運動家的風度」：一、「君子之爭」——「守着一定的規律，在萬目睽睽的監視之下，從公開競爭而求得勝利的；所以一切不光明的態度，暗箭傷人的舉動，和背地裏佔小便宜的心理都當排斥。」二、「要有服輸的精神」——「按照正道做，輸了有何怨尤？」三、「有超越勝敗的心胸」——「要達到得失無動於中的境地。」四、有「任重而道遠」和「貫徹始終」的精神——「賽跑落後，無希望得獎，還要努力跑到的人，乃是有毅力的人。」他的最終的目的是希望國人能「積

極的從運動場上來培養民族的政治道德」。

羅家倫是「五四運動」的學生領袖，作為北京大學的學生，「五四」當天，他被推舉為學生代表到各國使館遞送意見書。他與傅斯年曾共同創辦了《新潮》雜誌，推動「新文化運動」，是《新青年》的重要盟友。及後他留學美國普林斯頓大學、哥倫比亞大學、德國柏林大學等。回國後不久，擔任國立化後的清華大學第一任校長，其後更擔任國立中央大學校長十年之久。

位於南京的國立中央大學在民國初年經歷了重大的變化。清末原是地方性的師範學校，進入民國後改組成為南京高等師範學院。後來，在江蘇士紳們的努力下，得到北洋政府的確認，成為國立東南大學。1927年，國民政府北伐成功，定都南京，將該校擴充，成為國立第四中山大學，由張乃燕擔任首任校長。及後國民政府提高該校的地位，使其成為全國性的最高學府，因而易名為國立中央大學。

由南京高師至中央大學一系的學風代表了近代南方的學術面貌，與北方的北京大學形成抗衡的局面。「五四」時期，北京大學以《新青年》、《新潮》為主的雜誌提倡新文化，而南方的東南大學學者則以《學衡》、《史地學報》為中心提倡古典人文主義。及後國民黨利用中央大學推行黨化教育，在「九一八事變」、日本侵華的背景下，鼓吹法西斯獨裁。以中央大學法學院教授為寫作群的《時代公論》雜誌則是其主要陣地，與北京的《獨立評論》雜誌所提倡的自由主義進行激烈的論戰。後來的《國風半月刊》雜誌繼承了《學衡》的精神，提倡「發揚中國固有文化，昌明世界最新之學術」。對中國傳統文化抱持着情感上的

敬意，而以理智介紹西方的最新文化。

由一所地方性的高等學院到全國性的最高學府，中央大學走過了一段非常曲折的歷史。南高師及東南大學年代，該校的辦學經費得自富庶的蘇浙地區，重視教育的江南士紳恰到好處地分清地方基礎教育與大學教育的經費。雖然後來北洋政府冠以「國立」二字，經費仍由地方負擔。由於民初國家力量的薄弱，學校也得到了自由而寧靜的學術環境。及至國民政府定都南京，東南大學先成為國立第四中山大學，再成為國立中央大學。作為全國最高學府，政治的不斷滲透、與地方基礎教育爭奪經費的拉鋸、由於各種原因而出現的學潮，使這原本學風淳樸的大學成為燙手山芋。最終由北京大學出身的羅家倫來領導這所不安的南方學術重鎮，使其重回正軌。

羅家倫把重整中央大學的步驟分「安定」、「充實」、「發展」三期。以「誠」、「樸」、「雄」、「偉」作為該校的校風。他以提倡歷史與體育的教育意義來培養學風。1933 年 5 月，羅專門為南京四校聯合運動會寫了〈運動會的使命〉一文，他指出運動的目的：「第一，是增進民族健康，養成健全的體魄。第二，是培養運動家的風度，以為民族的道德模範。」又說：「我所謂的『運動家的風度』，就是中國古代的所謂『君子之爭』。」於〈在運動場上訓練國民的政治道德〉一文中，他又提出：「運動會的意義在於訓練國民的政治道德，包括恪守紀律，在大眾的監督之下作公開的競爭；失敗了能坦白認失敗，重新振作。」在〈現代青年的修養要素〉一文中，他又指出：「運動家在競賽的時候情願光榮的失敗，不情願不名譽的成功，運動家的道德就是不作

假、不僥倖。」可見，在重整中央大學的學風時，提倡「運動家的風度」是羅家倫的重要手段。1937年，抗日戰爭全面爆發，中央大學遷至重慶砂坪壩，羅家倫每周向學生演講。1942年把講稿整理成《新人生觀》一書，〈運動家的風度〉便是其中一篇。

提倡「運動家的風度」是羅家倫重整及鞏固中央大學的重要手段。在這基礎上，他要藉着大學教育「建立民族有機文化」。在日本侵華的背景下，他要仿效德國的柏林大學，在拿破崙的侵略時，以大學的教育發揚德意志的精神，使德國國民團結一致對付外敵。可見，〈運動家的風度〉一文有其時代的烙印。對於中央大學的歷史發展，學者許小青教授的《政局與學府》一書，有深入的分析。

第七章

生活感悟

「食花生」與落花生

　　花生渺小而普通，卻在我們生活中佔了重要角色。其中有兩篇文章以花生為主角，一篇是許地山的〈落花生〉，另一篇是梁容若的〈落花生的性格〉。

　　初次接觸這兩篇時，不知道「落花生」就是「花生」。「花生」這名太普通了，但為何要加個「落」字呢？原來花生真的太神奇了！其他植物都會在枝葉上開花結果，把最好的東西都外露出來，唯恐沒有人知道。花生這植物，雖也在枝葉上開花，但在花朵受精後，花瓣凋萎，它的子房竟會慢慢地往下落，直鑽到泥土裏才結果。要不是把它拔出來，也不知道一早已結出豐滿的果實了。

　　就是花生這種生長的特性，給文學家許地山及梁容若把握住了，藉以借物說理，談論人的品德。許地山借父親的口說：它的果實埋在地裏，不像桃子、石榴、蘋果那樣，把鮮紅嫩綠的果實高高地掛在枝頭上，使人一見就生愛慕之心。你們看它矮矮地長在地上，等到成熟了，也不能立刻分辨出來它有沒有果實，必須挖起來才知道。梁容若就讚美：「頂謙虛、頂本分，

像闇然自修的君子。」

梁容若說花生「看起來很軟弱，矮矮地趴在地上」，但是「生命力很強，韌性很大」。它「安分守己，發展得很慢，腳步卻踏得最堅實，它很少碰到失敗」，從中感受到花生「平凡裏有雄奇，在渺小裏有偉大」。這是人所應該學習的品德。而許地山就指出花生「味兒美」、「可以榨油」、「價錢便宜」，用處很多，卻很低調、很謙虛，因而指出人要做有用的人，不要做只講體面而對別人沒有好處的人。

這兩篇文章都借落花生來說明人的品德，雖然皆是借物說理，但表達手法卻各有不同。梁容若的〈落花生的性格〉是一篇典型的議論文章，條理清晰，段落分明，指出落花生的特性，再把這些特性比附人的德性並加以讚頌，也引其他植物來襯托落花生的特點。至於許地山的〈落花生〉則用記敍文的方式來說明道理。行文平實流暢，記事簡明樸實，用語淺白生活化，沒有刻意的修飾和雕琢用詞。記述一家人一起過花生收穫節，從兄弟姊妹和父母之間的家常對話突出落花生的特質，再以此帶出為人應有的品德。此文展示了從平凡的行文中帶出不凡的人生哲理。

許地山是近代著名的文學家和學者。他出生於甲午戰爭前的台灣。年輕時入讀燕京大學，正值「五四運動」，他積極參與了當時的學生運動，並與茅盾等人成立了文學研究會。其後他留學美國哥倫比亞大學及英國牛津大學，回國後在多所大學任教。1935年，香港大學中文學院計劃改變由前清遺老賴際熙太史所定的傳統學風，委託胡適推薦人才出任該院系主任。胡適

舉薦了許地山。許上任後推行改革，定該院主要教授中國文、史、哲及翻譯各科，此制沿用至今。1941 年，許地山逝世，葬於香港薄扶林基督教墳場。其系主任職位由著名史學家陳寅恪繼任。

梁容若是河北行唐縣人。1922 年入讀北京高等師範學院（今北京師範大學前身）。曾與錢玄同、黎錦熙提倡國語運動，並創辦《注音兒童週報》。1927 年大學畢業後參加了國民革命軍的北伐，任職左路總指揮政治教官。北伐完成後，任國民黨北平市黨部秘書。1936 年，公費考入日本東京帝國大學，研究中日文化交流史。1948 年，到台北籌辦《國語日報》。1958 年，任台灣東海大學中國文學系教授。退休後曾移居美國。

許地山及梁容若均是近代文化界名人，兩人皆不約而同地在平凡的花生中看到不平凡的品德。當我們「食花生」時，不妨也向花生學習學習吧！

「釣勝於魚」的陳之藩

　　陳之藩的〈釣勝於魚〉一文結構嚴謹，條理分明；論據充分有說服力，說理有深度而不枯燥；行文富有詩意，雖是議論文，但文學味重；所用例子多為西方近現代科學家，少有一般讀文學出身的作家那種文科人的學究味。

　　文章從在湖邊遇到老教授，並與他交談帶出「釣勝於魚」的文旨。再寫老教授划船遠去，把視線帶到晨光映照下的美麗湖景，並引英國詩人華茲華斯的作品營造令人陶醉的氣氛，把讀者帶進沉思的境地，然後開始議論。議論也先從老教授說起，再擴至大部分美國大學教授「在工作本身發現出無限的趣味，至於魚竿之下是否有魚，他們反而忘了」。然後，引了郝德、魏剛、愛因斯坦、勞倫斯、沙克等西方科學家為例說道理，並對那些只求目的而緣木求魚的「智者」批評一番。文章走到最後就來個首尾呼應，交代老教授釣完魚回來，依然帶着幾條小魚，然後再說：「我是為釣，不是為魚。」文章到此並沒有結束，而是發揮「豹尾」的力量，深化主題，提出：「其實，人生不過是在並不幽靜的水邊空釣一場的玩笑，又那兒來的魚！」留下思考

空間，令讀者再三玩味。

〈釣勝於魚〉收錄於陳之藩的散文集《旅美小簡》一書。1955年，陳之藩在美國賓夕法尼亞大學攻讀碩士，應台灣《自由中國》半月刊的邀稿，寫作了一些留學美國的所見所聞、所思所感的文章，而輯成此書。赴美之前，陳在台灣的《學生》雜誌翻譯了一些英國的詩，而成了後來的《蔚藍的天》一書。取得碩士學位後，他到美國的基督兄弟學院任教，並把在那裏寫成的文章輯成《在春風裏》。1969年，他到英國劍橋大學讀博士，並在那邊寫了《劍河倒影》。

陳之藩是一位科學家，他早年畢業於北洋大學，讀的是電機工程。曾在台灣的國立編譯館自然科學組工作。他在美國、台灣和香港等地的大學擔任電機工程教授並研究人工智能等科學範疇。由於他本身是理科出身的專家，對科學的理論十分熟悉，往往能把一些看來枯燥乏味的科學理論及西方科學家的生平軼事，用文學的筆觸化成散文，使認識科學不多、卻喜歡文學的讀者也能輕鬆地一窺科學的奧秘。這是陳之藩散文的一大特色。

據說陳之藩年輕時家境貧困，但讀書成績很不錯，寫作能力非常高，原本想在文科方面發展。但當時政府只對理科的學生提供公費，為了取得學費資助，他就選擇了理科。他與胡適也有一段忘年之交。他在台灣工作幾年後，便計劃到美國留學，當時胡適知道他學費不夠，便借了他兩千四百元美金，並不望他歸還。胡適說，這是一項投資，他相信會得到豐厚的利息。

　　有評論認為，陳之藩的散文富詩意，有濃厚的家國情懷，思想晶瑩透徹，令人着迷和遐思。但台灣作家李敖對陳之藩的文章卻有尖銳的批評。他認為，陳的文章有淡淡的哀愁，又像看到蔚藍的天、如在春風裏，但這都是虛無的、飄渺的境界。他又認為真正的人間應該要作戰，應該是戰鬥的，應該發生糾紛的，但陳之藩卻全部閃躲了。他說，陳的散文寫得非常清新可喜，但沒有戰鬥性。這種過分的跟別人沒有衝突，就顯得高高在上，是非感就變得很薄弱，看不到真正的民間疾苦，只在逃避責任。

　　究竟李敖的批評是否公允，就請大家看過陳之藩的散文後，再自行評斷。

談賈平凹的〈醜石〉

　　對於賈平凹，通常認識的是他在小說方面的成就，例如《廢都》、《浮躁》等，散文則普遍較少接觸。他所寫的〈醜石〉，行文用詞北方味較濃，正好給南方人感受一下陝西文人的西北味。

　　〈醜石〉用了先抑後揚的手法，先寫「醜石」的無用。它不能用來建房子、洗石磨、刻字雕花、浣紗捶布。作者稍為安慰地想出了一兩項好處——儲水給小雞喝和給小孩爬上去看月亮，但卻又令作者磕破了膝蓋。奶奶和小孩們都想把它搬走，而作者也認為它是「醜得不能再醜」。但是有一天，一位天文學家發現了「醜石」，原來這是一塊隕石，是「了不起的東西」。它曾經「在天上發過熱、閃過光」。

　　這很快令人想到《韓非子》中「和氏璧」的故事。楚人卞和發現了一塊璞玉，並兩度獻給楚王，但玉匠卻兩次皆斷定是普通石頭，致使卞和以欺君被斬去雙腳。最後，到楚文王時，這塊頑石才被發現是珍貴的寶玉。但「醜石」的遭遇比「和氏璧」更不堪。因為後者始終有卞和欣賞它，但「醜石」從天上掉下來後「在污土裏，荒草裏，一躺就是幾百年了」。而且一直得不到

人們的理解和賞識。如果不是最終給天文學家發現，它可能一直都被人嫌棄，一直都以「醜石」作為它的身分。

「醜石」的「無用」也令人想起《莊子‧逍遙遊》中的「樗樹」。惠施說此樹的樹幹巨大臃腫，無法用繩墨取直；小枝又彎曲不合規矩，不能當木工的材料，工匠不會看上它，因此「大而無用，眾所同去」。但莊子卻認為此樹正因為「無所可用」，因此不受匠人的斬伐，「物無害者」。可以種在甚麼也沒有的鄉村或廣闊無邊的曠野，人們可自由自在地倚在樹邊休息和睡覺。樹因其「無用」而能保天年。

「醜石」既非像「和氏璧」那樣有卞和這一堅定的賞識者，也非像「樗樹」因其「無用」而成就其得享天年之「用」。「醜石」雖因世人的無知，而受到奚落與詛咒，但最終得到它的伯樂——天文學家的賞識。其際遇又與前二者不同。

世人庸俗，其「用」也只是俗人之用。「醜石」之用在於更高層次，此是俗人所不能企及的。但「醜石」因不能為俗所用，而被視為「無用」，只能默默無聞。奶奶就問天文學家，既然「醜石」這麼珍貴，為何甚麼用處也沒有？天文學家回答：「正因為它不是一般的頑石，當然不能去做牆，做台階，不能去雕刻，搗布。它不是做這些小玩意兒的，所以常常就遭到一般世俗的譏諷。」正說明了「大用」不為「小用」，而被視為「無用」的境遇。

「醜石」是幸運的，因它最終得到天文學家的賞識。但幸運不是常有的，如果天文學家一直沒有出現，「醜石」也只能一直被俗人嫌棄下去。作者其實是以物喻人。作者不滿「醜石」「這麼多年竟會默默地忍受着這一切」，但「又立即深深地感到它那

種不屈於誤解、寂寞的生存的偉大」。

　　那麼，如果「醜石」是人，他應該默默忍受世人的誤解，等待有一天幸運的到來，還是積極地告訴世人他的不平凡，以求為世所用呢？現實是「幸運」、「天文學家」、「伯樂」不常有，這種等待是不切實際的。那麼積極向世人宣示自己的不平凡以求用又如何？這也是不可行的。世人因其庸俗、層次低，只求低層次的「用」，你再如何宣示，俗人也不能理解，也不能用。「醜石」的出路大概有二，消極的態度是默默地忍受下去，當一個大隱之士，直到永遠；否則就只能開創自己的事業，走屬於自己的路。

回不了的家

　　龍應台〈回家〉一文講述作者媽媽年老，患有腦退化，記憶力衰退；面對陌生環境，心懷不安，常嚷着要回家。但大家都明白，她永遠不能回到她心目中的家。

　　文中的「家」有三處。

　　一處是中國大陸的家，那是媽媽出生、成長的地方，是媽媽的故鄉。文章開頭交代作者與哥哥和弟弟在香港的紅磡火車站乘火車，正是在清明時節陪伴媽媽回去那個家。但在火車站裏，媽媽還是嚷着要回家；在回鄉的火車上，媽媽嚷得更悽惻。顯然，這不是媽媽要回的家。

　　第二處是在台灣屏東大武山山腳的家。那是父母經過戰亂，最終找到安居樂業的家。在這裏，媽媽辛勤養育子女，使他們各有成就。但就在自己的臥室裏，媽媽仍然感到倉皇，對這熟悉的環境感到陌生。這仍然不是媽媽要回的家。

　　最後，作者明白了媽媽要回的家不是一個具體的地點，那是一段時光。那時候，孩子們還年幼，媽媽操持家務，相夫教子，一家人平凡而幸福地生活着。這就是媽媽要回的家。但這

個家再也回不去了！

　　曾跟學生説，今天放學回家，我們又過平凡的一天。和父母吃晚飯，然後玩手機或看電視，然後媽媽問做完功課了沒有？或別浪費時間了，去溫習或看書吧。然後，你會走進自己的房間避一避，或放下手中的電玩，和媽媽談談今天在學校發生的事，或者還有很多很多……都是平凡的、每天和父母相處的瑣事。十年後、二十年後或者三十年後，你工作了、成家立室了。有一天，你會發現，這個平凡的家已經不同了，這裏再沒有媽媽囉嗦的勸告，只剩下獨居老人，她盼望着清明節、中秋節、重陽節、冬至、農曆新年……孩子們甚麼時候來探望？或者你有一個月或者大半年沒見過老人家了。對老人家來説，以往那個平凡的家已經回不去了。

　　文中一段描述作者陪媽媽在台灣鄉下散步的情景，作者用了兩條線。主線寫媽媽的反應，副線描寫黃昏光線的變化。作者陪媽媽回到她的臥室，媽媽竟然忘記了這是甚麼地方。望着牆上掛着兒女的學士照及博士照，媽媽的眼裏竟是悲傷與空洞，遲疑了半天後竟「幽幽地説：『……不認得了。』」兒女的成就本是父母的光榮。父母曾經花了多少心血養育及栽培兒女？讓兒女健康成長已不容易，能栽培出醫生和大學教授那就更是非同凡響。但此刻，媽媽卻説「不認得了」！不禁使人悲從中來。這一段記述，作者輔以描寫黃昏的副線，藉此烘托這幕使人感到悽惻的情景。黃昏的晚霞由粉紅色逐漸變深，「夕陽碰到大武山的稜線」，蟋蟀與小動物的低叫突出傍晚的幽靜。「最後一道微光，越過渺茫從窗簾的縫裡射進來，剛好映出了她灰

白的頭髮。」此刻，一天將盡的餘光，與生命即將走到盡頭的母親——兩條線接合了，帶出了生命即將逝去的悲傷。

有些環境的烘托還帶有電影鏡頭的效果。首段描述紅磡火車站的「人潮湧動」，一派「川流不息的滾滾紅塵」引出了媽媽的惶惑。後面描寫火車開動，窗外景物後移就直接用電影膠捲快速倒帶來比喻。「不知是快速倒往過去還是快速轉向未來」，帶出了一種對時間的混亂感。「只見它一幕一幕從眼前飛快逝去」一句則為後來媽媽要回的家「是一段時光」、「媽媽是那個搭了『時光機器』來到這裏但是再也找不到回程車的旅人」一段埋下伏線。

對晚班車內的描寫，也同樣有電影鏡頭的感覺。坐滿乘客的昏暗車廂內，火車行駛的「轟隆巨響決定了一切」。車窗外「只有動盪不安的光，忽明忽滅、時強時弱，隨着火車奔馳的速度像閃電一樣打擊進來。」而四周坐滿的，又是假寐的乘客。這種詭異而令人不安的環境觸發了媽媽的恐懼，媽媽就「眼睛蓄滿了淚光，聲音悽惻」地嚷着要回家。當讀到這段時，使人感到畫面就在眼前，有一種觀看電影的畫面感。

這篇文章要講的還有很多，或者下一次再講的時候又會有一些新的發現。時光的流逝、如何面對生命的盡頭是永恆的話題。生命中總帶着很多美好與遺憾，有很多平凡會成為美好，但當你意識到的時候，它已消逝。李商隱句「此情可待成追憶，只是當時已惘然」，不一定只寫愛情，也可以是各種情。其實，情是要體味的，講，不是正途。

第八章

古典香港

在香港「物外清遊」

　　過往中文科課文內容涉及香港的並不多，近年雖然有所增加，但仍屬少數，而用文言文寫的更是鳳毛麟角。王韜的〈物外清遊〉一文被教科書選為範文，算是珍品。

　　此文寫於十九世紀六十年代初，當時香港剛開埠約二十年左右。文中描寫了早期香港市區及市郊的景色，着力描寫所見開埠初期的西式建築及市政規劃，讓我們能一窺當年的城市面貌。

　　早在 1841 年——《南京條約》簽訂的前一年，英國人已登陸香港並進行土地拍賣。英人選址中環為市區，並命名為「維多利亞城」。逐漸在此興建政府辦公建築、教堂、警署、裁判署、監獄、軍營、商行及西人居所。香港早期中西族群區隔，西人集中居住於中環、半山及山頂一帶，而華人則居住於上環、西環一帶。至於被稱為「下環」的灣仔、銅鑼灣尚是市郊，仍具田園風光。

　　文中對博胡林（薄扶林）西式建築、半山西商別墅群和山頂旗杆周邊景物有很多的描寫。

　　博胡林是西人避暑的勝地，居所四周環植花木，中庭設有噴泉。室內窗明几淨，涼風颯至，令人忘記盛夏。作者所描述的應是理雅各牧師的居停。「理君於課經餘閑，時招余往，作竟日流連。」從這幾句得知王韜是得到理雅各牧師招待。

　　另一段是博胡林四周的西商別墅群。重點介紹了堡壘式的建築。這些建築或在山腰，或踞山脊，層台軒敞，四周牆上圍有凹凸的女牆，儼然像一座城堡。這類建築仍能在薄扶林找到，例如杜格拉斯堡及伯大尼修院至今尚存。站在這些堡壘高處，能看到海洋蒼茫浩瀚，海上的商船排列整齊。除堡壘式建築，此處還有雅潔可喜的仿日式別墅。

　　太平山俗稱「扯旗山」，在文中也得到印證。太平山頂是港島的最高點，為使往來商船了解航道情況，山頂「高矗一竿，上懸旗幟」以作識別。王韜也特別寫了山頂的風只向內吹的特點，別有趣味。

　　另外，文中又提到剛建成不久的「博物院」，應是早期的大會堂。內有圖書館，藏西文書籍，圖文並茂，製作精妙。而院旁的「觀劇所」，時常表演戲劇及有樂團演奏。王韜認為「神妙變化，奇幻不可思議」。

　　在此文中，又介紹了當時三所著名的英式學校。分別是「保羅書院」、「英華書院」及「大英書院」。「保羅書院」即是現在的聖保羅書院，始建於1851年，是香港成立最早的學校。王韜說「主其事者曰宋美」。這「宋美」即是該校第二任校長施美夫主教（Bishop George Smith），他也是香港聖公會的第一任主教。

　　而英華書院則於1818年由倫敦傳道會的馬禮遜牧師在馬六

甲創辦。1843年香港成為英國殖民地第二年，該校遷址來港，成為香港最早的英式學校。此校辦學目的與聖保羅書院差不多，均是着力培養華人傳教人才，與現在主要提供基礎教育不同。王韜在港時，該校的校長是與他關係密切的理雅各牧師。

理雅各牧師除了主理英華書院外，同時也被殖民地政府委任為教育委員會（Board of Education）的成員。他認為香港需要建立一所提供世俗教育的學校，故向政府提議合併當時由政府補助而分散各地的幾所「皇家書館」，成立一所由政府直接管理的中央書院（Central School）。此校後來曾更名為維多利亞書院，也即是現在的皇仁書院，王韜稱之為「大英書院」。而「主其事」的「史安」則是中央書院的第一任校長史劍域（Frederick Stewart）。他可算是香港主理教育事務的第一位官員（可比擬為首任教育局局長），後來官拜殖民地輔政司（相當於現在的政務司司長）。

文中還介紹中環市容：「房舍尤精，多峻宇雕牆，飛甍畫棟。」街道寬闊，市場經營的都是大額的交易。臨近海邊有一座巨型自鳴鐘，聲音響亮，可傳至十多里外。王韜認為此處沒有華人集中地——上環——那樣煩囂嘈吵。

此文也交代了當時薄扶林水塘的情況。王韜形容「澄波數頃，徹底可鑑」。旁邊設一兵舍，有專人管理，以防有不懷好意的人在水中下毒。當時港島人口的淡水飲用均有賴於此，即使遇到乾旱也不用擔心。

當時已有酒店設置，王韜稱為「公墅」，專為「遠客來遊此間」而設。這些酒店佔地數十畝，四周種植雜花異卉。雖然比

不上中式園林有亭榭樓台，但在夏天的黃昏，太陽下山，月亮升起，涼風颯然而來，霧如輕紗飄過，拿着扇與友人並肩偶語或攜手偕行也是很有情趣的。

王韜〈物外清遊〉一文刻畫了香港早期的風貌，頗富特色。如果能全文閱讀，真是「別饒勝趣」。

王韜的〈香海羈蹤〉

前文談及王韜的〈物外清遊〉，此文載於《漫遊隨錄》一書。此書為王氏晚年離開香港後到上海時所編，於1890年出版。全書分為三卷，共51篇，集結了王韜一生遊歷所寫下的文章，地點包括他的故鄉江蘇甫里，另外就是南京、上海、香港、新加坡、檳城、錫蘭、阿丁、開羅、巴黎、馬賽、倫敦、愛丁堡、牛津等地。其中涉及香港的有兩篇，除了〈物外清遊〉外，另一篇是〈香海羈蹤〉。此文同樣記錄不少香港早期的景物風俗，值得一讀。

文章首段介紹王韜羈旅香港的背景。他稱自小已「喜讀域外諸書，而興宗愨乘風破浪之想」，很希望到異域闖一闖。只是有母親在，不敢遠行。其後母親去世，又正值太平軍攻下江浙，他因向當時的忠王李秀成獻計對付清朝，雖然計策沒有得到採用，但事情為清兵所悉，遂被通緝，因而「不得已蹈海至粵」。

第二段交代王韜由水路來港及初抵香港的生活情況。他「舟行兩晝夜」到達福州，看見福建陸上多山，海岸多懸崖，只有漳州平地較多，而廈門「市集頗盛」。翌日午後他到達香港，看見

山頭少植物多赭色，居民則多住在船上。王韜居所在山腰，宅外「多植榕樹，窗外芭蕉數本，嫩綠可愛」。晚上王韜挑燈寫信回家，聽到隔牆有人曳胡琴唱歌。聽到這「異方之樂」，令他感到悲傷。

文中描述香港土地珍貴，似乎從開埠到現在一直如此：「香港本一荒島，山下平地距海只尋丈，西人擘畫經營，不遺餘力，幾於學精衛之填海，效愚公之移山，尺地寸金，價昂無垠。」然後，介紹「沿海一帶多開設行鋪」。他指出廣東人均以逐利營商為尚，貿易途徑廣闊。但王韜初時對香港的印象似乎不佳，他雖指出當時雞肉、豬肉頗便宜，但味道比不上家鄉；而魚產來自廣州，多腥味，時間一長就會味變。

在此文中，王韜也介紹了上、中、下環及博胡林的特色，與〈物外清遊〉一文所述差不多。文中對保羅書院、英華書院與「大書院」(今皇仁書院) 也略有交代，其中「英華書院兼有機器活字版排印書籍」一句則需略加説明。英華書院雖以培訓華人傳教士為主，其附設的活字印刷機器則為華人地區的印刷先驅。最早的中文《聖經》、最早的華文報紙均出於此。王韜在上海時，曾受倫敦傳道會傳教士麥都思之聘，在墨海書館協助翻譯《聖經》。那次來港則是協助英華書院校長理雅各牧師把中國的古代經典翻譯成英文。其後王韜買下英華書院的印刷設備，並於1874年創辦了第一家華資中文日報──《循環日報》。

王韜在文中又特別介紹了太平山區一帶的妓寨。他認為這裏的妓女「粉白黛綠，充牣其中」，身形欠佳，「弓彎纖小」的只是少數，「容色亦妍媸參半」。至於居住於中環的「鹹水妹」，則

多為西人作情婦，能積蓄厚貲，「佳者圓姿替月，媚眼流波，亦覺別饒風韻」。

　　王韜也談及香港早年風氣樸素，平常人「多著短後衣，天寒外服亦僅大布，婦女不務妝飾，妓多以布素應客」。後來風氣漸尚奢華，特別是東華醫院創辦後，「董事於每年春首必行團拜禮，朝珠蟒服，競耀頭銜，冠裳蹌濟，一時稱盛」，而飲宴「一席之費，多至數十金，燈火連宵，笙歌徹夜，繁華幾過於珠江」。

陳伯陶的〈宋皇臺懷古〉並序

　　1911年，辛亥革命後，東莞人陳伯陶隱居九龍，到1930年去世，居港前後十九年。他築「瓜廬」自住，閒暇讀書著述，對九龍城的歷史多有考證。特別對南宋末年帝昰、帝昺逃至宋王臺的史實加以論述，並詠詩誌之。陳伯陶也常邀請避港的晚清遺民，相聚於宋王臺，或遊覽或雅集，而環繞宋王臺為主題的詩文也得以豐富起來，其中〈宋皇臺懷古〉一詩及序較全面地交代了陳伯陶對宋王臺的認識。

　　序中對九龍及宋王臺先作了一些說明：

　　九龍在古代稱「官富場」，明代在這裏設置巡司。清代嘉慶年間，兩廣總督百齡在這裏建砦城，改名為「九龍」。道光年間，把「官富巡司」改為「九龍巡司」，以後就很少人知道「官富場」這個名了。

　　在九龍的東南方有一座小山，近海那邊有一巨石，上面刻有「宋王臺」三字。《新安縣志》認為宋帝昺曾駐蹕於此。陳伯陶查考明代錢士升的《南宋書》，「稱端宗景炎二年二月，帝舟次梅蔚。四月次官富場。九月次淺灣。」但《宋史‧二王紀》記

載：「至元十三年十一月，昰次甲子門（在惠州）。十四年十月，劉深攻淺灣，昰走秀山（今虎門）。」沒有到官富場的記錄。陳伯陶再參照《宋史・杜滸傳》及《元史・唆都傳》的記載，認為「當時遺臣奔赴，敵人會攻，並指茲地。」因此認為《南宋書》的記載是合理的，反而《宋史・二王紀》忽略了這段史實。

陳伯陶又指出，至元十五年（1278年）四月，宋端宗趙昰在碙州（陳伯陶認為即今大嶼山）駕崩。於是宋帝昺立。六月帝昺遷至新會厓山，不再回到九龍。所以，當年駐蹕宋王臺的是宋端宗趙昰，當時宋帝昺尚未登位。另外，陳伯陶考證諸書，認為石刻舊稱「宋王」，是以史稱「二王」，他認為應改稱為「宋皇」才對。

然後，陳伯陶在懷古詩中對這段史事加以詠嘆：「朔方白雁翔杭湖，五更頭叫頭白烏，龍爪合尊朝上都，遺二龍子南濱遄。」這四句交代了蒙古人南下消滅南宋，帝昰帝昺雙雙逃難南方海上的背景。

南宋軍民對蒙古的入侵也是有反抗的。「金甲神人斗膽麤，戈船閩廣相提扶。」正顯示了這種情況。忠臣義士也甚多，例如文天祥便是「零丁惶恐節義徒」。義士們「麻衣草屨來于于，鐵石忠肝一團血，誓徇塊肉捐微軀」，力挽亡國之狂瀾。

二帝曾經逃難到九龍，在此建行宮，以圖恢復：「行宮草創三十所，富場椹栭閟規模。」陳伯陶引《一統志》稱：「宋行宮三十餘所，可考者四。其一為官富場。」可見九龍一度成為抗元的指揮中心，可能也建了具有規模的行宮。

但「不知天祐趙氏無？」九龍最終守不住，再逃亡至大嶼

山，帝昰也在此駕崩。「黃龍復隱碙州郊」交代了這事。最後由帝昺繼位，並再逃往新會厓山。然而，厓山也守不住，帝昺跳海而亡，「浮沈袍服魚腹見」，成為海中魚兒的食物。「慈元殿下生青蕪」，當年在厓山所建的慈元殿也成了廢墟，從此「皐羽所南足跡絕」。

陳伯陶回首南宋滅亡的經過，甚是悲慘。「君不見臨安宮禁啼鷓鴣，蘭亭抔土冬青枯。」宋都臨安（今杭州）的宮殿殘破，只聞鷓鴣啼叫聲，氣氛悲涼。而建在紹興一帶的南宋皇陵也給元僧楊璉真伽破壞。此人「發趙氏諸陵寢，至斷殘肢體，攫珠襦玉押」，然後把陵骨雜置牛馬枯骸中，建一塔壓在上，名曰「鎮南」。此事引起江南人民的憤怒，士人們組成汐社，四處收集宋帝遺骸，並加以重葬，手植冬青以紀念，史稱「六陵冬青之役」。

不過，風水輪流轉。「庚申帝亡亦如此，和林草荒雪塞塗，彼送子英胡為乎。」元代末年，天下大亂，紅巾軍起兵趕走蒙古人。朱元璋大軍攻入元大都，被稱為「庚申帝」的元順帝也匆忙逃往蒙古和林，元朝滅亡。陳伯陶自注：「元蔡子英為明太祖所得，不肯屈，太祖命有司送出塞，令從故主於和林。」這又是另一「遺民」的故事。

宋末元初有「汐社」遺民，元末明初有蔡子英，清末民初則有陳伯陶等人。這便是作者在詩中抒發的「遺民」情懷。九龍城的宋末史跡也成為建構「遺民」歷史場景，肯定「遺民」身分和自我塑造的材料。

宋皇臺與遺民情懷

在九龍城有一個小公園，公園正前方有一巨大方形石塊，中間寫着「宋王臺」三個大字，而右方旁邊寫「清嘉慶丁卯重修」七字。為何石刻上寫的是「王」而如今卻稱「皇」呢？

如果大家有興趣弄明白，可以到該公園一遊，做一點小考察便會清楚。在公園正門入口處，會看到兩塊寫有碑文的石碑，左邊寫的是英文，右邊是中文，內容一樣。撰文的是香港已故著名史學家簡又文，碑文題曰〈九龍宋皇臺遺址碑記〉。文中明確寫着：「石刻宜稱『皇』，其作『王』寔沿元修《宋史》之謬，於本紀附『二王』致誤。今名是園曰『宋皇臺公園』，園前大道曰『宋皇臺道』皆作『皇』，正名也。」這便很清楚了。

其實，簡又文的說法是根據遜清遺老陳伯陶太史的考證。《新安縣志》載：「宋王臺，在官富之東，有盤石，方平數丈。昔帝昺駐蹕於此。臺側巨石舊有『宋王臺』三字。」陳伯陶考證諸史，撰〈九龍宋王臺麓新築石垣記〉、〈宋皇臺懷古（并序）〉等文，指出宋端宗帝昰於福州即位，建元景炎。在元軍的追逼下，於景炎二年（1277年）逃至官富場（今九龍），在此停留約

六個月,「宋王臺」便是帝昰建立行宮的地方。陳又指出:「至元十五年(1278年)四月,端宗崩於碙州(自註:即今大嶼山),帝昺立。六月遷厓山,不再至茲地。然則臺乃端宗駐蹕之所,非帝昺也。」可見《新安縣志》:「昔帝昺駐蹕於此」的説法不正確。陳又認為「石刻舊稱『宋王』」是元人官修史書《宋史·二王紀》之誤,宋端宗實為皇帝,「茲正之曰『宋皇』」。

陳伯陶(1855-1930),字子礪,晚號九龍真逸,廣東東莞人。清光緒十八年(1892年)進士,以一甲第三名(探花)授翰林院編修。曾入直南書房,1906年赴日本考察學務,官至署江寧提學使並兩署江寧布政使。「辛亥革命」(1911年)後,因不認同革命及民國政府,矢志不仕,避居香港九龍城,建「瓜廬」隱居,並潛心著述。對南宋末年帝昰、帝昺逃至宋皇臺的史實多所論述。他時常邀請其他旅港遜清遺民遊覽宋皇臺,並多詩詞唱和,以抒發亡國黍離之悲。

1916年歲次丙辰,農曆九月十七日,陳伯陶邀集旅港廣東遺民張學華、賴際熙、汪兆鏞、蘇澤東等十餘人到宋皇臺祭祀宋末東莞遺民趙秋曉生日。各人吟詠詩詞,多所唱和。其後又邀約粵港兩地其他遺民互相憑弔宋末史跡,緬懷清室。得詩、詞百多篇,由蘇澤東編輯詩文集曰《宋臺秋唱》。為宋皇臺遺址再增添了一層遺民的文化色彩。羅香林稱此為香港文學之第三期,視其為隱逸派人士之懷古作品,並指出此集使「香港中國文學之懷古詩篇,遂躋於高峰矣」。

查陳伯陶對宋皇臺的史跡多所建構。《宋臺秋唱》分上中下三卷,中卷共26篇(組),以陳伯陶所發掘有關宋皇臺、九龍城

的宋末史跡為主要題材，而各人加以吟詠。簡又文在碑記中多承襲陳說：「其北有金夫人墓，相傳為楊太后女晉國公主，先溺於水，至是鑄金身以葬者。西北之侯王廟，則東莞陳伯陶碑文疑為楊太后弟亮節，道死葬此，土人立廟以祀昭忠也。至白鶴山之遊仙巖畔有交椅石，據故老傳聞，端宗嘗設行朝，以此為御座云，是皆有關斯臺史蹟，因并及之以備考證。」據此，則九龍城除了有宋帝昰、帝昺的行宮遺址外，更加添了晉國公主墓、帝昰國舅楊亮節廟、帝昰御座交椅石，還有碑記中沒有提及的二王殿村等。

查九龍寨城始建於清道光二十七年（1847年），城中駐有九龍巡檢司及官職更大的大鵬協副將。如果九龍城一帶有如此豐富的宋末遺跡，他們沒有可能留意不到。當時官員到侯王廟祭祀，也似是入鄉隨俗，以「酬謝神恩」，並沒有牽涉具體的宋末史實。為何要待民國之後，才由遺民陳伯陶一一考證出來，並言之鑿鑿呢？

鍾寶賢於《九龍城》〈緒論：宋末帝王如何走進九龍近代史？〉一文中考證，首先將宋末史事與九龍宋王臺聯繫起來的是德國人歐德理（E. J. Eitel）所著的《歐洲在中國：從開始至一八八二年的香港歷史》（*Europe in China: The History of Hongkong from the Beginning to the Year 1882*）。他大抵依據在擔任《中國評論》（*China Review*）的編輯時，閱讀過一些洋人的相關著作而提出。其後何啟依歐德理的說法為據，在立法局提出《宋王臺保留法案》（*Sung Wang Toi Reservation Ordinance*），建議英殖民政府立法保護遺跡，法案獲得通過。

　　那些洋人著作的論述涉及今已佚的明人張詡所編的《厓山志》，此書記載二帝事跡甚備。饒宗頤考證今存明弘治刊《厓山集》殘帙，可能即是此書，後又有明萬曆黃淳重修《厓山新志》五卷，對張志又有增改。饒宗頤比較《宋史》、《元經世大典》、《填海錄》、《二王本末》、《厓山集》五種史料所記二帝行蹤，發現《厓山志》一系的記載「具見輾轉鈔襲，致多訛誤」，「知《厓山集》非第一手資料，非盡可信」。而陳伯陶《東莞志》所引《厓山志》證二帝逃亡路線，也多有「紕繆疊出」。

　　另外，饒宗頤針對陳伯陶指侯王廟即為紀念帝昰國舅楊亮節的說法，撰〈楊太后家世與九龍楊侯王廟〉一文，指出「周密明記亮節與陸秀夫同死厓山之役，自非道死九龍」。又引廟中道光二年（1822年）碑文，指出宋時已有此廟。他引屈大均撰〈番禺沙亭侯王廟碑〉言：「廣之州，多有侯王廟，蓋祀秦將軍任囂。」而且九龍、新界、大嶼山等地皆有侯王廟，不獨九龍城才有。饒宗頤也針對陳伯陶指帝昰駕崩、帝昺登極之地硇州為大嶼山的說法，指出應在化州，而不在大嶼山。

　　陳伯陶所論九龍城宋末史跡多有不實之處，但無礙其所欲發揮的作用。「辛亥革命」後，清朝覆亡，一些矢志效忠朝廷、不食民國之粟的士人，仿效伯夷、叔齊，以遺民自居，或居洋人控制的租界，例如上海、天津等地；或隱沒於鄉間。出身廣東的遺民比較幸運，由於地近香港，此處既為華人聚居之地，又為民國權力之外，他們可以既不仕民國，又能有所發揮，例如創辦香港大學中文學院、學海書樓等。但嶺南向為蠻荒之地，香港更是邊陲外的邊陲，此時更由英國殖民管治。遺民們

有必要為此地建立與中原文化有所連結的論述。高嘉謙〈刻在石上的遺民史：《宋臺秋唱》與香港遺民地景〉一文指出，通過陳伯陶對宋皇臺、九龍宋末史跡的論述，再加上遺民們通過詩詞互相唱和，並最終結集成為《宋臺秋唱》，使「香港不再是傳統避地，而是延續中原政治道統的一個南方座標」。而「民初時刻在中國現代語境內發生的民族主義、民族象徵，也因為南來遺民在殖民地的身分和認同疑義，改寫了他們的地方感。殖民『避地』需要民族象徵，宋史遺跡恰恰填補了這個空缺。」

興建港鐵宋皇臺站時發現了大量的宋元古跡，例如古井、陶瓷、瓦片、錢幣等。其中有「宋元通寶」錢幣，始鑄於北宋太祖建隆元年（960年）。可斷定九龍一帶地區早於宋末之前已有人定居，甚至已成村落。陳伯陶撰〈宋行宮遺瓦歌并序〉中稱宋皇臺東面有「二王殿村」，是宋末景炎行宮舊址。農民在耕作時「往往得古瓦，色赭黝，堅如石」。此古瓦是否行宮之瓦不得而知，但市民如今的確可以在港鐵站的展覽櫃中看到這些「遺瓦」。

第九章

在考場中

中文卷中的文學文化知識

　　中文課程要求學生能掌握讀、寫、聽、說諸能力，因此在公開考試也各設一卷並及綜合能力，評核學生的學習成果。但是課程中除了以上所提、有明確試卷評核的外，也還有其他學習範疇，雖沒有指明的獨立卷別，但卻散落於各卷之中，這便是文學文化、品德情意、思維等內容。本文以閱讀卷為例說說公開考試中的文學文化元素。

　　卷一閱讀卷有白話及文言文，各涉豐富的文學文化知識，談起來混雜紛紜。為了方便說明，就選取2014年徐國能的〈第九味〉一文略加說明。

　　儒家思想是中國傳統的主流，在此文中也可略見一二。例如曾先生談及辣味時指出辣是「王者之味」，「有君子自重之道在其中」，而且認為：「用辣宜猛，否則便是昏君庸主，綱紀凌遲，人人可欺，國焉有不亡之理？」這便是儒家傳統對明君與昏君的論斷。談及甜味時，指出此乃「后妃之味」：「最解辣，最怡人，如秋月春風，但用甜則尚淡，才是淑女之德，過膩之甜最令人反感，是露骨的諂媚。」這又不禁讓人想起唐太宗長孫皇后

的「后妃之德」及妹喜、妲己、褒姒之類的禍水。曾先生又說：「辣甜鹹苦是四主味，屬正；酸澀腥沖是四賓味，屬偏，偏不能勝正而賓不能奪主。」這更是儒家所提「三綱五常」的誡命，所謂「君君、臣臣、父父、子子」不可逾越。談及苦味時則「如晚秋之菊，冬雪之梅」，有「窮則獨善其身」之意，伯夷、叔齊、陶淵明等隱逸之士躍然紙上。

文中也充滿中國傳統哲理。如曾先生對於父親勤寫筆記不以為然。「他常說烹調之道要自出機杼，得於心而忘於形。」這正是先秦道家或魏晉玄學所談的「得魚忘筌」、「得意忘象」、「得意忘形」，甚或可推至佛家禪宗「拈花示意」，「不立文字、以心傳心」的學習理趣。曾先生又談及「好的筵席應以正奇相生而始，正奇相剋而終……」這正是陰陽五行相生相剋的理論。至於文中的題眼——「第九味」，曾先生一直沒有告訴作者「真義究竟是甚麼」，但在與父親談及偶遇曾先生一事中，作者已「覺得天地間充滿了學問，一啄一飲都是一種寬慰」，給人一種國畫留白的空間，引人無限遐想。也有《紅樓夢》中「世事洞明皆學問」的深度，更有六祖惠能「如人飲水冷暖自知」的哲理。

了解此文，掌握一點近當代史也是不可少的。文中第十段談及曾先生的身世，說他是湘鄉人，可能是曾國藩的遠親。有這種背景才有機會師承御廚，「喫盡天地精華」。首先我們便要了解曾國藩是何許人。他便是清末「同治中興」的大臣，領導湘軍平定了曾經佔據半壁江山、險些把清廷滅掉的太平軍，是清末社稷之臣，權傾一時。至於作者「學校畢業後」「被分發至澎湖當裝甲兵」之說，同學也需先了解，1949年國共內戰後，國

民黨退守台灣，行徵兵制，而澎湖遂成前線的歷史背景。

　　中文對於大部分香港學生來說是母語，是第一語言，因此不似作為第二語言的英文只要求學生達到讀、寫、聽、說的應用層面便可。中文課程更要處理高層次的文學文化、品德情意、思維等範疇。而這些範疇在評核時則分散於各卷，又以閱讀卷承擔最多的分量，本文則嘗試以〈第九味〉一文作一管窺。

〈橋〉中的歷史與民族情懷

　　中文科不單要求學生掌握基本的語文工具，作為母語，更要學生掌握中華文化。在此必須補充的是，所謂「中華文化」不單是傳統的孔孟之道、諸子之言、禮俗風尚，還涉及現當代的歷史政治、民族情懷等。本文以 2012 年閱讀材料曾敏之的〈橋〉為例來作一說明。

　　〈橋〉一文中展現了一幅華人的現當代史圖卷，如果對這些歷史沒有基本概念，真是不易理解此文。

　　首先，是知識青年的際遇。二十世紀四十年代後半期，不少身處海外的年輕人對即將誕生的新中國充滿憧憬，他們皆有回國報效國家的豪情壯志，就如文中所說：「大家分手時心中充滿了對新生祖國的激情，幾乎不必用語言就能表達出各人的抱負，那就是為國家為人民做一番事業。」

　　可惜的是在其後的多次政治運動中，不少青年的豪情漸漸給消磨了。特別是在「文化大革命」期間，不少知識青年，尤其與海外有關係的青年，遭遇更是坎坷。所以作者說：「三十年來，分飛的朋友有的重聚，有的遠離，有的卻在殘酷現實中犧

牲了。」而如呂進文便是在這種情況下於1977年移居香港尋找新生活。

其二，文中也提及海外華人的遭遇。其中呂進文出生於印尼，後嚮往新中國而回內地讀大學。呂的這種經歷也是那個時代不少印尼華人青年的經歷。上世紀六十年代，印尼的蘇哈托發動政變，推翻蘇卡諾政權，並掀起了大規模的排華暴亂。在這困難的環境下，中國內地向印尼華僑同胞伸出援手，歡迎他們回國，並在南方沿海省分設立華僑農場供其自力更生。

其三，香港回歸之前，內地的學歷在香港是不被承認的。這正是大學畢業生呂進文的鬱結，也是大部分在內地完成學業，其後在香港想尋找新生活的知識青年的鬱結。文中談到：「香港不承認國內大學的畢業文憑，雖然地盤有不少是理工、醫農或文科的專業人才，有些人也有專業經驗，但都找不到合適的工作，為了養家糊口，只好到地盤出賣勞動力了。」這些人「包括有大學教師、工程師、醫生……」，但現實就是這樣，學歷不被承認，為了生活只能參與辛勞的地盤工作。

其四，在文中也可看到改革開放的歷史身影。改革開放始於1978年，也即是「文革」結束兩年後，國家的歷史走向另一個新階段，也是在這年，作者重臨他闊別三十年的香港。同樣是改革開放，也使在香港找不到出路的呂進文重回內地，希望能找到新的發展機會。

其五，是家國情懷。作者既在文中描寫家鄉的平橋，抒發對家鄉的思念之情；又以〈龍的傳人〉的歌詞：「雖不曾看見長江美，夢裏常神遊長江水。雖不曾聽見黃河壯，澎湃洶湧在夢

裏……」聯繫起海峽兩岸的同胞之情。這種情懷在上世紀八十年代的兩岸三地是濃厚的。

閱讀能力的提升需要平時廣泛閱讀，這樣才能建立廣闊的已有知識基礎以理解和吸收新的知識和經驗。作為母語，中文閱讀能力考核的要求很高，中華文化也很廣泛，唯一的解決方法便是平時多閱讀。

把握文言文中的文化精神

　　中華文化是文憑試中文科考核的重點之一。文化元素散於各卷，其中閱讀卷的文言文部分是含量最高的一章。相對於白話文，文言文的考核比較直接，必定有的是字詞解釋及文言文句子語譯，所問的題目也能在較淺層的文義中找出答案。但文言文皆出於古籍，除了字詞文句較艱深，同學們讀起來較困難外，其中的思想內容也需要平日下工夫。

　　中國傳統思想以儒家為主導，所以考材所選取的也大都充滿儒家精神。在平日的學習中，掌握儒家思想的重點是很重要的。但是除儒家思想之外，先秦諸子學說也發揮了輔助的角色。其中的道家、法家更不可忽略。例如2012年的閱讀卷文言文部分便選取了法家《韓非子》中的一篇短文，再在問題中引孔子的觀念，要求考生探討儒、法兩家對教育的不同看法。

　　試卷中所選取的考材是《韓非子‧五蠹》中的一段。韓非子指出一個不才之子，即使父母、鄉人、師長如何施愛、相責、教誨也不能把他改變，但政府出動官兵，施以公法，此人便會恐懼，然後便會改變行為。因此要使人聽命，便要使用嚴刑峻法。

　　韓非子進一步解釋，微薄的財物，如果盜取後沒有後果，普通人便不會放過；如果要付出的代價太大，即使百鎰的黃金，汪洋大盜也不敢偷取。

　　最後他提出賞賜要厚而有信用，使人民得利益；懲罰要重而且堅定，人民才會畏懼；法令要統一肯定，人民才會知道。這樣嚴刑峻法、賞罰分明，賢與不肖便會為國君盡力了。

　　而在題目中引了《說苑・政理》的一則故事，此故事在《韓詩外傳》也有收錄。當中述及孔子不同意季康子殺死跟父親訴訟的兒子的做法。孔子認為人民不知道與父親訴訟是不對的行為已經有一段長時間了，這是在上位者的錯。如果領導人做好教育工作，根本不會出現這類人。統治者不先教導人民便把人殺了，是虐殺無辜的行為。在上位者應先施行教誨，使人民信服，使百姓跟從。如果施行了教化仍然不改過，才用刑罰的手段。

　　從以上可見，韓非認為教育不足以令人守法，只有嚴刑峻法才能令人服從。相反，孔子則認為教化才是最根本的方法，刑罰最多只能發揮補漏拾遺的功能。兩套思想有背道而馳的傾向，但其實卻是相輔相成。所謂「儒表法裏」，可能才是中國歷代統治者推行儒學教化的真象！試題中要求考生比較孔子和韓非哪種看法較為理想，當然也是見仁見智，但也必要有個合理的說法。

　　由此可見，文言文的艱難之處不在於字詞文句的意思，更重要的還在於文化思想，這是同學們日常研習時必須要留意的。

人與情

「活着回不去，死了沒人要啊！」是一位老兵的自白。那些年的內戰，使海峽成為生死永隔的界線。這位低級的士兵從此離開家鄉，像落在水中的樹葉，隨風飄泊。他來到台灣，住在眷村，沒有再娶，沒有子嗣。死後骨灰就寄放在台灣南部的某一座廟宇裏，幸好有朋友的子女拜祭，這就是他的一生。在利格拉樂·阿媽的〈夢中的父親〉一文中，他不是主角，而是借以道出文旨的配角。

這是 2020 年文憑試中文科閱讀卷的白話文考材。文中的主角是作者的父親。他也是一位老兵，離開家鄉後，也是住在台灣的眷村。與安徽的親人生離，他在台灣再娶排灣族的女子，生兒育女，重新建立家庭。他沉默寡言，常常抽着煙思念家鄉的親人，在他生命即將終結的幾年，頻率越來越高。「丫頭，我就快要可以見到你的姥姥了，我想她啊！」這是他將近離世時對女兒的表白。

這是一種鄉愁，但鄉愁的落腳點在哪裏呢？試題引用了王鼎鈞〈水心〉一文的節錄給考生作比較。王認為：「所有的故鄉

都從異鄉演變而來，故鄉是祖先流浪的最後一站。」所以他詰問：「『還鄉』對我能有甚麼意義呢？」王對「鄉愁」不以為然，大有蘇軾「此心安處是吾鄉」的情調，與文中父親的鄉愁大異其趣。一個執着，一個不當作一回事，正好能作對比，給考生有思辯的空間。

但這會否把「鄉愁」抽象化呢？對「故鄉」的執着與否，似乎不在於「故鄉」本身，而在於故鄉的人，與由這些人所帶出來的情。如果故鄉有你縈繞牽掛的人和情，那鄉愁當然就會強烈，但如果沒有，則心頭的執着可能就會寬鬆些。「原來，思念是一種這麼折磨人的感覺，然而，我離家再怎麼遠，也總有方法可以抵達，那麼父親呢？」思念緣於你所思念的人，作者後來也感受到這種苦，但她能回家探望父母，痛苦容易治癒。父親則不能，這不但是那一道海峽，和那說不清的政治所造成的「生離」，「姥姥」的逝去，「死別」更宣示了絕望。「這種遺憾，在往後幾年不斷地折磨着我，此刻才終於理解父親有家歸不得的疼，因為，無論我回家幾次，都再也看不到父親沉默的身影了。」直至父親去世，作者才真正感受到父親的心情。

「既然人都走了，就別這麼麻煩吧，放在哪兒不都一樣！」這是對岸那邊「姊姊」對父親骨灰的回絕。這不是和「活着回不去，死了沒人要」互相呼應嗎？如果沒有情，就沒有縈繫的着處，一切皆空。

有一道提問，最後一段寫母親的種種，有沒有離題？作者說母親近幾年急速蒼老，像父親將近離世時那樣。作者問，父親常來夢中，「掛心的是愈來愈老的妻子嗎？」這何嘗不是作者

自我表白，她正掛念愈來愈老的母親？作者拿起電話，「鼻頭酸酸地回答：『媽，是我啦！』」這就是情。父親思念大陸的「姥姥」，作者思念逝去的父親。父親在世時或許不懂珍惜，現在總要把握住仍然在世的母親。全文以「情」貫穿，不會是離題吧！

　　與其說此文探討的是「鄉愁」，不如再具體地說是表達親情之思。作者漢名高振蕙，在台灣屏東的眷村出生。在眷村，她是被檢舉為「匪諜」的人的女兒；在漢人社群，她是被歧視的有原住民血統的孩子；在原住民部落，她是男性社會中的女性。她一切似乎都處於劣勢。由「外省第二代」到「原住民」，再到「原住民女性」，可能令她能更深刻地思考純粹的人與情的問題。

第十章

範文的故事

香港中文教育的傳統意識

香港中學的中文教育，由2002年中一級開始實施單元教學，2007年第一屆採用沒有範文的閱讀卷公開考試。在實踐的過程中，前線老師越感憂慮。經過學界的多次討論，最終決定在2015年重設12篇文言文範文，並於2018年的文憑試中首次考核。

有趣的是，12篇範文為何全部是文言文，而非白話文？學界的討論是文言文用語精練典雅，學生通過學習與背誦，有助提升語文能力。近代出色的白話文作家，也是從文言文的學習中培養出來的。這是合理的理解，但也忽略了對香港中文教育的保守意識或注重傳統的傾向的認識。這個意識是潛移默化的，大家都覺得是理所當然，以致不知道它正在發揮作用。如何認識這種意識？得從較宏觀的歷史視野去檢視。

1927年2月18及19日，「五四新文化運動」的大旗手魯迅先生曾在香港上環的青年會禮堂演講，題目分別是〈無聲的中國〉和〈老調子已經唱完〉。

前文指中國人不能把自己的心裏話寫出來，因為心裏話是

活的，但用來表達的文言文卻是死的，也是艱深的、小眾的。因不能表達，所以「無聲」。魯迅説：「我們要説現代的，自己的話；用活着的白話，將自己的思想，感情直白地説出來。但是，這也要受前輩先生非笑的。他們説白話文卑鄙，沒有價值。」

後文則指出「老調子」（文言文）已經唱完，但是香港這個地方卻仍然繼續唱。魯迅指出這是英殖民政府管治香港人的手法，他説：「這時候，我們不但不能同化他們，反要被他們利用了我們的腐敗文化，來治理我們這腐敗民族。他們對於中國人，是毫不愛惜的，當然任憑你腐敗下去。現在聽説又很有別國人在尊重中國的舊文化了，哪裏是真在尊重呢，不過是利用！」後文的批評更加激烈，以致不能在報刊上登載。

魯迅為甚麼對香港有如此的批評呢？1919年「五四運動」爆發。再早幾年，胡適、陳獨秀已提出「文學革命」，提倡「白話文運動」。接下來的幾年，中國大陸的中小學教科書已開始採用白話文教材。反觀香港，當時的學界仍在「讀經」。更因1925年的「省港大罷工」，為了安撫香港華人及排拒自「五四運動」以來而興起的民族主義，愛好中國傳統文化的金文泰被委任為港督，提倡中文。他聘任前清太史賴際熙、區大典等人籌建香港大學中文學院，課程以傳統經史為主。同時，成立了漢文中學（即今金文泰中學），由賴太史的學生李景康任校長。所以，白話文在大陸風靡的時候，香港卻是傳統經史文化的重鎮。這情況直到四十年代初才有改變。

然後的幾十年，中國大陸政治局勢變幻無窮，不少文化人

來到香港，把新新舊舊的文化思想也帶進來。形成了新舊文化在香港的紛沓並陳。

　　如果說北京大學是「五四」以來新文化的重鎮，那麼南方的東南大學及其後的南京國立中央大學就是傳統文化的堡壘。以柳詒徵、繆鳳林等的學衡派為中心，還有熊十力、錢穆等堅持傳統的學人與之抗衡。1949年，一大批文化人來港。錢穆、唐君毅、張丕介等人組建了新亞書院；加上由廣東一帶幾所南來私立大學所組建的聯合書院，一起成為了推動中國傳統文化的重鎮。其後兩書院和崇基學院合併，成為香港中文大學。因其大量的畢業生從事香港的中小學教育工作，也把重視傳統文化的意識帶到學界，形成了現今香港中小學文史教育的基本色調。

　　魯迅先生所說的「老調子」並沒有「唱完」。時代雖然改變了，白話文也早已成為香港中文教育的主流，但並不因此而忽略了對文言文的重視。香港是一個中西薈萃的地方，也是新舊文化並陳的聖地。在這裏可以看到前衛，也可以看到保守。因此，也不要訝異為何只把文言文列為範文。

香港經學

「經學」是中國傳統學術的顯學。自漢武帝「罷黜百家，獨尊儒術」，以經學取士，至清朝於 1905 年取消科舉制度，熟習經學是平民百姓進身仕途的唯一途徑。所謂「經」便是《詩》、《書》、《禮》、《易》、《樂》和《春秋》這「六經」，曾由孔子整理，並成為他進行儒學教育的指定教科書。

秦始皇焚書坑儒，再經秦末戰亂，六經散失。漢初文教復興，秦代的經生入漢，憑藉記憶把已散軼的經文背默出來，並以漢隸書寫，這批經書被稱為「今文經」。當時《樂經》已不傳，因此，「六經」成為了「五經」。其後學者在斷壁殘垣之中發現漢之前以篆籀古文寫成的經書，稱其為「古文經」。

由於今、古文經內容有所不同，而哪一個版本能定為「官學」，在政治上便有極大的影響力，因而掀起了「今古文經」之爭。東漢章帝時，為了統一學說，召集學者討論，制定《白虎通義》，折衷今古文經。而大儒鄭玄以混雜的方法注經，經學之爭，暫告一段落。直至清末，康有為等人標舉今文經學，而與章太炎為首的古文經學再掀一番爭論，但已是尾聲。

熟習經學是入仕的唯一標準，因此歷代政府及學者對經書也進行多次整理。其中唐太宗命孔穎達編纂《五經正義》，統一了南北朝以來「南學」、「北學」的不同觀點，使科舉考試有一套標準的教科書。宋代王安石為了配合變法的需要，主持了《三經新義》的編纂，其中他撰《周官新義》，王雱、呂惠卿等編撰《毛詩義》和《尚書義》。宋代理學流行，朱熹把原為《禮記》中的《中庸》及《大學》獨立成書，並與《論語》和《孟子》合稱「四書」。朱熹對「四書」及「五經」進行集注，成為元、明、清三代科舉考試的標準讀本。明萬曆間頒佈了欽定《十三經註疏》，收錄《周易》、《尚書》、《詩經》、《周禮》、《儀禮》、《禮記》、《春秋左傳》、《春秋公羊傳》、《春秋穀梁傳》、《孝經》、《論語》、《爾雅》、《孟子》十三部經典，確立了經學的整體格局。

在古代，香港位處蠻荒，文教不興，除了新界鄧氏、文氏少數大族涉足科舉，實難與經學沾上邊。1841年1月26日，英國人強佔香港，1842年夏天，清朝與英國簽定《南京條約》，香港逐漸成為中西文化交流的地方，因此也令香港與經學結上了關係。

1818年，英國倫敦傳道會在馬六甲成立英華書院，冀培養華洋兼通的傳教士向中國傳教。1843年香港開埠不久，英華書院校長理雅各（James Legge）將該校遷至香港。理雅各出生於蘇格蘭，在被派往馬六甲華語區傳教之前，曾向時任倫敦大學中文講座教授修德（Samuel Kidd）學習中文。他在香港從事傳教與教育工作三十年。在這期間，他得到黃勝、羅詳、王韜等華人學者的幫助，把中國的傳統經典翻譯成英文，使中國經學

為外國人所了解。

據香港大學許振興教授著《經學、教育與香港大學——二十世紀的足跡》一書的研究，理雅各翻譯的經書命名為《中國經典》（*The Chinese Classics with a Translation, Critical and Exegetical Notes, Prolegomena, and Copious Indexes*），共五卷八冊，翻譯經籍包括《論語》、《大學》、《中庸》、《孟子》、《書經》、《竹書紀年》、《詩經》、《春秋》、《左傳》。每書的體例格式分「卷首前言」、「學術緒論」、「譯文正文」、「附錄索引」四部分。除了翻譯正文外，介紹了各經的翻譯緣起，以歷史、社會、文化等角度介紹典籍的構成及地位，並提供全書的主題索引、專名索引與漢字索引。正文則採用譯注結合的方式，先列漢文正文，再列英文翻譯，後列注釋。理雅各的《中國經典》無疑是經學的新突破，使經學走向國際，也令香港在經學史上佔一席位。

1905年清朝取消科舉考試，作為科舉依據的經學遂失價值。留學、新式學堂、新學科等取代了以經學為主的舊教育。1911年辛亥革命推翻了滿清政府，一群仍忠於清室的翰林避居香港。他們在中華大地漸失經學的時候，在香港提倡經學教育。賴際熙太史在香港大學倡設中文學院，由區大典太史主持經學課程。區太史更著有《香港大學中文學院經學講義》。而賴太史也創立學海書樓，招聚前清遺老朱汝珍、溫肅、何藻翔、陳伯陶諸人講授經學。其後北學南移，羅香林、劉百閔、饒宗頤、錢穆、唐君毅、簡又文、牟宗三等學術大師匯聚香港，使香港成為了保存中國傳統文化的重鎮。

早期中文科教材

　　研習範文是中文教學的主要途徑，而教科書則是範文的載體。孔子設教，以「六經」為教學的依據。漢武帝「罷黜百家，獨尊儒術」，自此研習「五經」成為入仕的敲門磚。南宋後，朱熹注的「四書」、「五經」成為典範。還有南朝昭明太子的《文選》及清代吳楚材、吳調侯兩叔姪選編和注釋的《古文觀止》，都是古代學習語文的重要教材。

　　舊時兒童受教啟蒙，先入私塾，塾師所用的訓蒙課本，有《三字經》、《百家姓》、《千字文》、《幼學詩》、《故事瓊林》、《古文評註》、《秋水軒尺牘》等幾本。讀完這幾本書後，進階學習便是「四書」、「五經」。

　　1847年，香港政府選定了數所鄉間私塾，向他們提供資助，逐漸形成了「皇家書館」。1862年，在倫敦傳道會理雅各牧師的推動下，把「皇家書館」集中起來，並提供英文及世俗教育，成立中央書院，即後來的皇仁書院。書院雖着重英文教育，但學生仍需學習《論語》、《孟子》、《中庸》及《史記》等傳統經典。

　　1919年「五四運動」爆發，促進了「白話文運動」的發展。白話文教材逐漸取代文言文。1920年，教育部通令國民學校，把「國文」科改為「國語」科。一大批以白話文為主要教材的教科書湧現。其中具代表性的有以下幾種：

　　1920年，商務印書館出版，洪北平和何仲英編的《白話文範》；中華書局出版，朱毓魁編的《國語文類選》。這兩套教材標榜選材包括了蔡元培、胡適等「新文學大家」的文章。

　　1923年，商務印書館出版，顧頡剛和葉紹鈞編的《新學制初中國語教科書》；1924年，中華書局出版，沈星一編的《初級國語讀本》。陳國球的《香港的抒情史》一書中說：「這些教科書都盡力搜求當時新文學的作品，以沈星一編選為例，其選材就包括了魯迅〈故鄉〉、周作人〈小河〉、冰心〈笑〉、沈尹默〈三弦〉、葉紹鈞〈隔膜〉、郭沫若〈天上的市街〉。」

　　1933年，商務印書館出版，傅東華編的《復興初級中學國文》；及1935年開明書店出版，夏丏尊、葉紹鈞編的《國文百八課》。其收錄文章包括胡適〈差不多先生傳〉、冰心〈寄小讀者通訊〉、沈尹默〈三弦〉、許地山〈落花生〉、徐志摩〈我所知道的康橋〉、葉紹鈞〈古代英雄的石像〉、魯迅〈風箏〉及〈孔乙己〉、朱自清〈背影〉及〈荷塘月色〉等均成為了日後教科書的經典範文。另外，還有1937年，中華書局出版，宋文翰、張文治編的《新編國文》。

　　這些新文學教材還有一大特色，據陳國球所言，因為當時「距離《新青年》開始發表新文學作品的1918年，只有短短幾年，作品累積不多，所以新文學提倡者如胡適等以白話文翻譯

的外國作品，也被徵用為『國語』學習的範本」。而這些翻譯文章有一部分仍然成為日後的中文科教材，例如：胡適翻譯、都德的〈最後一課〉，夏丏尊翻譯、亞米契斯的〈少年筆耕〉等。

正如王齊樂在《香港中文教育發展史》一書中所言：「香港中文學校的學制課程，是跟隨中國新學制的改革而轉移的。」不過也有自己的特色，王續說：「正當中國內地提倡語體文，厲行國語教學的時候，這裏卻過分地注重古典文學和經史的教授。」

1922年，香港政府的教育諮詢委員會成立中文教育小組，並訂定《中文課程標準》。1929年香港政府頒行《中小學中文課程標準》。初級小學採用國文科讀本《香港漢文讀本》第一至八冊；高級小學採用《香港漢文高級讀本》第一至四冊，並兼授《孟子》。由初級中學開始，則分「經學」及「讀本」兩類。「經學」主要教授《論語》、《左傳》、《大學》、《詩經》、《中庸》、《禮記》、《書經》等；「讀本」則用中華書局《新中讀本》、商務印書館《共和中學國文評註》及《現代國文讀本》等；另外，還有《史記》、《國策》、《唐宋八家文》、《諸子文粹》及各家詩賦駢文。這個課程可見比內地更偏重古文。

不過，談起使用白話文教材，則早期在香港設館授徒、成立「子褒學塾」的陳子褒是一先驅。他「所主持的蒙學書塾，早在1899年，科舉未廢之時，已先行廢止讀經，而以他自己所著的白話讀本代替了。他極力主張用白話以代替文言。」陳子褒自撰的教材有《小學國文教科書》、《小學尺牘教本》、《左傳小識》、《史記小識》等。

戰後香港中文科教材發展

　　二十世紀四十年代戰亂頻繁。先是抗日戰爭，後是內戰，改變了整個歷史的發展面貌，香港的中文教育當然也不能不受影響。戰前的二十年代，香港政府雖然也頒行《中小學中文課程標準》，但學校所用中文科教材除了着重古文外，大致仍採用來自內地的教材，特別是數量佔最多的私校及僑校。踏入五十年代，由於政治及社會的巨大變動，香港逐漸發展出本地的中文科教材。

　　一向以來，香港的中小學教育系統均分英文學校及中文學校。英文學校以官立學校（金文泰中學除外）為主，再加上一些教會主辦的補助學校。1911年，香港大學成立，英文學校的學生在香港有一完整的升學途徑。香港大學主辦大學入學試，收取來自英文中學的畢業生。1937年，始設香港中學畢業會考，也只供英文學校考生應考。但是在學校系統中，佔數量最多的卻是中文學校。1922年，國內頒佈「壬戌學制」，規定小學六年，中學六年。香港的中文學校大都跟從此制，而畢業生如要進一步升學，也大多選擇內地大學。英文學校、中文學校可謂

雙線發展。

　　1949年後，往內地升學的途徑不可行，香港政府需要解決中文學校學生的出路問題。1952年設立「香港中文中學高中畢業會考」，與英文中學的會考並行。1968年，分別設置了「香港英文中學會考」和「香港中文中學畢業會考」，仍然兩途並進。直至1974年，兩途才合併為「香港中學會考」。

　　在中文科教材方面，中華書局於1947年出版了宋文瀚主編的《中華文選》(初中選用) 和宋文瀚、張文治主編的《新編高中國文》，是為早期的中文教科書。1952年9月，教育司成立中文教育委員會（Chinese Studies Committee），並於1953年11月呈交《香港中文科目委員會報告書》。報告中指出，基本概念是要規管中文教育課程，「諸如國語、中國文學及歷史。對本地學校而言，中文教育的目的是發展學生母語的表達能力；引導學生理解，並培養其對中國思想、文學及傳統的鑑賞能力。」

　　在中、英文中學會考制度分別確立以後，政府開始着手編訂本地的中學中文科教材。當時英文中學會考的中文課程範文僅16篇，於第二班 (中五) 教授；反之中文中學會考的篇章計有66篇，範圍很廣，包括經、史、子、集，及詩詞、小說等，中、英兩個公開試的中文科課程在內容範圍上來說差異甚大。1956年，香港教育司署頒佈《香港中文中學中文教材》和《香港英文中學中文教材》。當局對兩類學校在中文科範文篇章的學習數量上也有不同的要求。比較如下：

　　　中一：中文中學：38篇；英文中學：30篇

中二：中文中學：38篇；英文中學：29篇

中三：中文中學：36篇；英文中學：28篇

中四：中文中學：25篇；英文中學：24篇

中五：中文中學：27篇；英文中學：18篇

中六：中文中學：12篇；英文中學：11篇

中七：只限英文中學：24篇

1974年，中英文會考統一，篇章數量的學習也統一。以當年啟德圖書有限公司出版的會考教材《國文》一書為例，共30篇課文。

1980年至1992年的會考中文科，則設有三組課文，分別是共同課文、甲組課文和乙組課文。共同課文有9篇文言文，14篇語體文，共23篇；甲組課文有5篇，全為文言文，乙組課文有7篇，全為語體文。共同課文必考，甲乙兩組考生需選考一組。1993年，中文範文改為26篇必修，其中13篇文言文，13篇語體文。2007年開始的新會考和2012年開始的文憑試則不設指定範文。這種安排引來多方的批評，最終於2015年重設12篇文言文範文，並由2018年起開考。

預科的中文範文

　　香港的中文教學，除了初中與高中階段的課程外，大學入學試也直接影響了高中後預科的課程安排。預科課程至2012年後取消高級程度會考，才為新高中課程所取代。早期的預科課程，無疑是為香港大學入學試而設。

　　如之前的文章所言，早期的香港中學可分為中文中學及英文中學。其中中文中學的畢業生如有志升讀大學的，皆以進入國內的大學為主。而英文中學大致由官立學校及補助學校組成，有志繼續升讀大學的，除了小部分到外國升學外，大多數入讀香港大學。香港大學是一所以英文為主要教學語言的大學。雖然在1913年成立文學院不久就請來賴際熙太史主持中文課程，但並不能頒發學位證書。1927年，成立中文學院，以教授中國傳統經史及翻譯為主。1933年後，又改為中文系。考生如要入讀該系，需報考「中國語言及文學」一科。

　　經歷了第二次世界大戰及國共內戰後，香港的教育生態也受到影響。香港大學決定自1954年起跟隨英國大學改四年制為三年制，並參考英國一般證書教育考試（The General Certificate of Education Examination）模式，為入學試設立了普通程度（Ordinary Level）與高級程度（Advanced Level）考卷。因此中文系需着手設計該系的入學考試課程。1953年，該系先制定了《國文參考材料》一冊。全書分為甲（24篇範文）、乙（16篇範文）兩部，收錄作品40篇。指定凡參加香港大學入學資格普通程度中文科考試的考生只需研習甲部，而參加高級程度中文科考試的考生則需甲、乙兩部並習。但此項材料製作頗為粗疏，以至錯漏百出。

及至新上任的系主任林仰山教授（Frederick Seguier Drake）另委人編輯教材。由劉百閔、饒宗頤負責群經與詩文和小說、戲劇的選文和撰作解題與注解；由羅香林負責關於史書的選文和撰作解題和注解。最後由林仰山擔任綜合和審訂的工作。此教材命名為《中國文選》，全書分上、下二冊。先考上冊為普通程度，合考上、下二冊為高級程度。1955年起，凡投考港大，而選考中文的，必先攻讀。

《中國文選》全書收錄範文97篇，上編63篇，下編33篇，另加1篇附錄。〈編輯例言〉指出：「本書所選經、史、子、辭賦、散文、詩、詞、曲、小說等，大抵為各時代之重要作品。雖不足以盡中國文學之全貌，讀者苟能悉心體會，對於歷代文學之體裁、風格及學術思想，要可獲一基本認識。」許振興評說：「讀者遂能藉着涵括經、史、子、辭賦、散文、詩、詞、曲、小說各範疇的選文與詳述各範疇發展脈絡與要項的『解題』，扼要掌握中國歷代經學史、文學史、哲學史、儒學史、思想史、學術史、史學史等基本知識。」此書的地位直至1985年

才被1983年出版的《新編中國文選》取代。

踏入五十年代，中文中學的學生難以再到國內升讀大學，其中一部分學生轉到台灣升學。與此同時，一部分國內的大學學者在香港設立中文的大專院校，也為該批學生提供升學機會。1957年2月，崇基學院、新亞書院及聯合書院組成「香港中文專上學校協會」，並於1959年舉行「專上學校統一入學試」。1963年香港中文大學成立，1964年開始舉行「香港中文大學入學資格考試」。1979年，中大的入學試由香港考試局接手，並改為「香港高等程度會考」。1980年，香港大學的高級程度考試，易名為「香港高級程度會考」，並由香港考試局接辦。1992年取消「香港高等程度會考」，所有預科生皆考「高級程度會考」，而該試也在該年提供中文版試卷。

到了1994年，考試局新增了多個高級補充程度（AS-Level）科目，其中新增的高補程度中國語文及文化科被列為必修科目。原先的中國語言文學科是屬於選修性質的，則成為了選修的高級程度會考中國文學科。新增的高補中國語文及文化科設有文化專題範文六篇，分別是唐君毅的〈與青年談中國文化〉、吳森的〈情與中國文化〉、毛子水的〈中國科學思想〉（後改為劉君燦的〈傳統科學的過去、現在與未來〉連附錄）、趙永新的〈中國藝術的基本精神〉、金耀基的〈中國的傳統社會〉和殷海光的〈人生的意義〉。2012年，香港高級程度會考舉行最後一屆考試，並為香港中學文憑試所取代，中國語文及文化科也從此取消。

中國文學科的發展

　　1974年中英文中學的會考合併，令中文科課程出現重大改變。從此，兩類學校採用同一個中文科課程。因應此轉變，中文科卻於1972年一分為二。由該年開始，中四、中五的中文科設為必修科，並另設選修科——中國文學。

　　據聞，中國語文分科的建議是受到當時掌管考評的包樂賢（A. G. Brown）的影響。他認為英語科一向分為「英國語文科」和「英國文學科」，因此在中文和英文中學會考合併之際，中文科也應仿效英文科分科。但這種做法卻引起了不少的爭議。

　　支持的人認為，這樣理科學生只需修讀語文科，能騰出更多時間研習數學和自然科學，而文科學生則可兼讀兩科，可維持原來中文課程的傳統特色。也有人認為，語文只是溝通工具，應該主要訓練學生的讀寫聽說能力。一些文學知識及能力，例如寫詩填詞等只是少數人的事，在高中、大學開設選修科給他們選擇已經可以，無需所有學生皆學。

　　反對的人則認為，這樣做使中文科淪為傳意的工具，教學只着重傳意文字的訓練，忽略思想情感和道德的教育，而文

學、文化等的薰陶也漸漸被淡化。也有人提出中國文學科所佔的教節太少，而且大部分學校都不開設中國文學科或只開設一班，能夠修讀的學生並不多，大部分學生只能通過中國語文科接觸文學。

當時的語文學者蘇文擢指出：「1970年代至1980年代初香港中文教育之主要問題，在於嚴重的工具化傾向以及與傳統文化的徹底割裂。」他舉例說：「1969年以前有《論語》四組和《孟子》三章的範文，1971年只剩下《論語・里仁》和《孟子》『四端』兩章，到1980年則完全刪去上述的範文篇章，卻沒有補入內容相近的教材。」他認為：「迷信語文工具論的教學方法，正是學生越來越厭惡中文學習，致使中文水平每下愈況的根本原因。」

但無論如何，這種中國語文及文學分科的做法沿用至今。根據新高中中文科的課程要求，本科需學習的重點包括閱讀、寫作、聆聽、說話、文學、中華文化、品德情意、思維、自學能力等範疇。但文憑試的分卷設計：閱讀、寫作、聆聽及綜合、說話，不無給人只訓練傳意技能的誤解。而指定範文的廢除，更加強了這一觀感。雖然後來增加了12篇指定範文，但杯水車薪，不見得能起多少作用。反觀中國文學科，仍持續設有指定範文。

1974至1977年的範文共30篇。其中「漢魏六朝詩選」有4首；「唐詩選」4首；「韓愈文選」有2篇；「東籬樂府選（馬致遠）」有2首；「白話詩選」4首。實質有41篇。1978年至1990年，設「詩詞選」、「文選」和「小說戲曲選」共三組，選修的學生可選讀其中兩組。

　　1990年開始，取消了文體分類選修的做法，要求學生能認識「一代之文學」。以時代劃分：「先秦文學」選自《詩經》、《楚辭》、先秦散文；「兩漢文學」選自《史記》、樂府；「魏晉南北朝文學」選了五言詩、駢文；「唐宋文學」選了詩、詞、散文；「元明清文學」選了曲（雜劇）、曲（小令）、小說；「現代文學」選了詩歌、散文、小說、戲劇。共有35篇範文。

　　1994年，考試局新增了高補程度中國語文及文化科，並列為必修科目。原先屬於選修科的中國語言文學科取消，但開設了選修的高級程度會考中國文學科。預科中國文學科的範文採用香港大學所編的《中國文選》，但此文選已非原先由林仰山主編的93篇本，而是另由何沛雄和陳炳良編的新版本。

　　出版社這樣介紹該書：「《中國文選》乃為香港高級程度會考中國文學科考生編寫，篇目內容悉照新修訂之1994年課程，同時亦可供教學參考及自修之用。本書輯錄修訂課程所選之經、史、子、辭賦、散文、詩、詞、曲及小說等課文二十五篇，以時代先後為序，分上下兩冊。上冊課文共十二篇，下冊則為十三篇，俱屬歷代重要作品。每篇繫以解題，略述作者生平、時代背景與主要著述及其學術影響，而各篇注釋，或詳瞻，或簡明，率以幫助讀者瞭解正文為依歸。」

　　2007年設計的中國文學課程，適用於2012年的新高中文憑試。此課程的範文於2014年至2015年作了一些修訂，除了第28篇，由姚克的〈西施〉改為曹禺的〈日出〉外，似乎沒有多大變動。值得一提的是，這個28篇的範文清單，不少範文是來自舊會考中文科、文學科及預科文學的範文。例如：舊會考中文科

的有：〈齊桓晉文之事章〉、〈庖丁解牛〉、〈歸去來辭（並序）〉、
〈將進酒〉、〈醉翁亭記〉等；舊會考文學的有：〈鴻門會〉、〈南
鄉子（何處望神州）〉、〈法場〉（《竇娥冤》第三折）、《紅樓夢》
第三回、〈死水〉、〈日出〉等；預科文學的有〈九章・涉江〉、〈進
學解〉、〈前赤壁賦〉、〈西湖七月半〉、〈藥〉、〈書〉等。